www.tredition.de

Lutz LEOPOLD

Jürgens Mordfälle 5

Tod auf der Wiese
Tod durchs Beil

www.tredition.de

© 2021 Lutz LEOPOLD

Verlag und Druck: tredition GmbH, Halenreie 40-44, 22359 Hamburg

ISBN
Paperback: 978-3-347-07136-0
Hardcover: 978-3-347-07137-7
e-Book: 978-3-347-07138-4

Alle Personen, Firmen, Orte und Handlungen in den Kriminalfällen „Jürgens Mordfälle" sind frei erfunden. Es gibt keinerlei realen Zusammenhang mit lebenden Personen. Ortsbeschreibungen und Namen sind rein zufällig gewählt.

Tod auf der Wiese

1 Montag

Noch ist es relativ kühl an diesem heiß werdenden Augusttag. Werner joggt, wie jeden Morgen, bevor er ins Büro fährt. Die Steinhofgründe sind dazu ideal, da kann er auch Robby, seinen Sennenhund, mitnehmen. Ohne Leine läuft Robby brav neben ihm her. Selten, nur wenn eine läufige Hündin quert, will der Hund weg. Er folgt aber jedes Mal auf Zuruf. Diesmal pascht er plötzlich zur Seite ab.

„Robby, Robby!" Werner ist verwundert. Der Hund folgt ihm nicht. Das gab's noch nie.

Werner läuft ihm nach. Da, vor einer Senke, neben einem Strauch, steht Robby mit gespreizten Beinen und knurrt.

„Was ist los?" Werner erreicht Robby atemlos.

Da sieht er es. Es ist ein menschlicher Körper, auf dem Bauch liegend, mit verrenkten Gliedmaßen, der Kopf steckt tief im Gebüsch. Werner braucht sich nicht erst hinunter beugen, er erkennt es sofort: Das ist eine Leiche.

Er will zu seinem Handy greifen. „Verdammt, das habe ich nicht mit", flucht er. Im Jogginganzug sind ihm das Gerät und der Schlüssel immer lästig. Robby wartet auf einen Befehl seines Herrn und schaut Werner abwartend mit wedelndem Schwanz an.

„Warte hier, ich komme gleich." Der Hund versteht. Er legt sich auf den schmalen Weg, oben vor der Senke, hin. Werner läuft auf dem Weg zurück, und will den nächsten Passanten informieren.

Sonst ist in dem Park immer ein Leben wie in einer Einkaufsstraße, aber wenn man jemanden braucht ist weit und breit keiner zu sehen. Schließlich kommt Gertrude, eine Bekannte mit ihrem Terrier gelaufen.

„Gertrude, hast du dein Handy dabei?"

„Klar, wurde wer abgestochen, weil du so aufgeregt bist?"

„Möglich, entweder erstochen, oder erschlagen. Ich will die Polizei verständigen."

„Eh…, ach…, ja", verwirrt gibt Gertrude ihm ihr Handy.

Werner ruft den Polizeinotruf an. „Auf den Steinhofgründen gleich hinter der Mauer wo der Heschweg das Knie macht, liegt eine Leiche."

„Na, das ist aber präzise. Welches Knie? Haben Sie es nicht genauer?", tönt es unwirsch im Hörer.

„Nein, suchen Sie uns halt", Werner ist empört, soll er die Grashalmnummer durchgeben?

„So, gut. Bleiben Sie dort. Die Streife wird Sie schon finden."

Es dauert eine halbe Stunde, bis die Streife auftaucht. Gertrude will abhauen. „Ich muss zur Arbeit."

„Warte, bitte borg mir nochmals das Handy. Ich muss einen Kollegen anrufen und ihm sagen, dass ich später komme. Noch ist ja keiner im Büro."

Werner ist etwas verärgert. Musste Robby auch so gut riechen und meterweit weg auf die Leiche stoßen? Robby allerdings ist stolz und wedelt zufrieden mit seinem Schwanz.

Der Streifenpolizist der kommt hat Verständnis. „Geben Sie mir ihre Adresse und Telefonnummer. Die Kollegen vom Landeskriminalamt werden Sie kontaktieren." Werner und Robby dürfen heim und Werner kommt pünktlich ins Büro.

Grundsätzlich bestätigen die zwei Inspektoren der Streife nur, dass hier eine Leiche liegt und rufen das Landeskriminalamt an. „Das ist sicher Mord. Ich schließe Unfall aus", erklärt der

Polizist am Telefon Inspektor Frauling, der Empfängerin der Meldung.

Major Jürgen Pospischil ist mit Gruppeninspektor Karlheinz Wimmer, eine weitere halbe Stunde später, am Tatort. Die Spurensicherung kommt kurz danach an.

„Gefunden wurde die Leiche um sieben Uhr, vom Hund eines Joggers. Hier seine Daten", meldet der Streifenbeamte.

„Danke, ist er noch hier?"

„Nein, er musste ins Büro." Der junge Mann steht stramm und wartet auf einen Rüffel.

„Den befragen wir später. Den Täter hat er wahrscheinlich nicht gesehen, oder?", schmunzelt Jürgen ihn an.

„Nein, das habe ich ihn vorher gefragt. Er hat nichts gesehen. Sein Hund hat die Leiche entdeckt."

„Kannst du schon etwas sagen?" Jürgen wendet sich an Doktor Uwe Müller. Der untersucht die Leiche, nachdem die Fotos der Spurensicherer fertig sind.

„Den Kleidern nach ein Transvestit. Jetzt haben wir neun Uhr, ich würde sagen vor fünf Stunden."

„Der Park ist aber nur von halb sieben bis einundzwanzig Uhr geöffnet", mischt sich die Polizistin von der Streife ein.

„Trotzdem, der Todeszeitpunkt ist vier Uhr. Ach ja erwürgt. Wahrscheinlich mit diesem Seidenhalstuch." Müller zeigt auf das Halstuch. „Falls er nicht hier erwürgt wurde, weil der Park geschlossen war, dann wurde er über die Mauer geworfen", lacht der Doktor hämisch und packt ein. „Zu mir auf den Tisch, die Dame."

Jürgen schaut zur Mauer, die ist gute 300 m weit weg. „Mit einem Katapult geht es", murmelt er, schüttelt den Kopf und wendet sich an die Kollegin der Spurensicherung. „Ist es der Tatort, oder wurde die…, der Mann hergebracht?"

„Der Tatort könnte hier sein. Fußspuren gibt es reichlich, man könnte ihn auch hergetragen haben."

Jürgen schaut Karlheinz auffordernd an. „Was sagst du zum Opfer?"

Karlheinz grinst, die Leiche wird gerade eingepackt und weggebracht. „Transvestiten müssen nicht unbedingt schwul sein. Abgesehen davon, vielleicht war er nur auf einem Maskenball."

„Maskenball im August? Wie auch immer, ein sehr elegantes Kostüm. Die Haare sind echt, keine Perücke. Eine gepflegte Dame. Glaubst du, man kennt sie? Eine Handtasche fehlt, die wurde ihr sicher geraubt."

„Ich höre mich um", verspricht Karlheinz. „Für mich schaut sie…, eh…, er, nicht nach Strich aus."

„Nun", grinst Jürgen. „Einigen wir uns auf: Er."

Sie suchen noch in der Wiese beim Tatort, finden aber nichts das weiter hilft.

„Lass uns ins Büro gehen. Gerlinde soll alle Abgängigkeits Meldungen durchforsten", schließt Jürgen am Tatort ab.

Im Büro empfängt sie Gelinde schon mit dem fertigen Foto des Mannes. „Karlheinz, schau dich bitte in der Szene um. Ich finde noch nichts in der Vermisstendatei. Die Person geht noch niemanden ab."

Karlheinz schnappt das Bild und ruft Justus, einen Freund der viele Homosexuelle kennt, an. „Wo bist du?"

„Ich bin im Wellnessklub in der Hinterbrühl. Die planen hier eine richtig wilde Party. Gegen Mitternacht will Gustav mit einer Travestieshow alles Bisherige in den Schatten stellen."

„Interessant, ich komme dich besuchen."

„Tragen den die Polizistinnen Röckchen? Das ist zu wenig, damit beeindruckst du uns nicht."

„Ich trete doch nicht auf. Ich suche einen Mörder."

„Ach! Bitte nicht schon wieder?" Justus jault empört durchs Telefon.

„Wir haben die Leiche eines Transvestiten. Also warte auf mich." Karlheinz legt schroff auf.

Gustav, der Chef des Clubs, empfängt Karlheinz persönlich am Parkplatz. „Was ist das schon wieder? Justus ist ganz aufgewühlt. Wen suchst du?"

Karlheinz zeigt ihm das Bild. „Kennst du ihn? Ein Mann in Frauenkleidern."

Gustav schaut kurz auf das Foto. „Nein. Komm rein. Die drei Frauen proben gerade im Nero-Saal."

„Drei Frauen?"

„Na die Herren in Fetzen, wenn du so willst", Gustav ist zwar neugierig, aber auch ungehalten. Manchmal ist ihm Karlheinz schon lästig.

Im Saal stellt Gustav ihn vor. „Karlheinz unser Hauspolizist braucht von euch eine Auskunft. Kennt ihr diese…, äh den Kollegen."

Karlheinz ist von den drei, ihn umringenden, Frauen überrascht. Wenn er nicht wüsste, dass es Männer sind, würde er es nicht glauben. Schöne Körper, ansprechende Gesichter, kaum geschminkt, ganz natürlich lächeln ihn die unterschiedlich alten Frauen an.

Der Jüngste meint zu Karlheinz, „verschätze dich nicht. Ich bin es, der den Partner packt."

„Und? Hast du den auch gepackt", grinst Karlheinz und hält ihm das Bild hin.

„Puffy! Was ist mit ihm?", kreischt Heinrich auf.

Die anderen zwei Damen schauen entsetzt auf den Polizisten.

„Wir haben ihn heute früh Am Steinhof gefunden. Kennt ihr ihn?"

„Wir sind ein Quartett. Er ist unser Bariton. Was ist passiert? Ist er tot?" Bertram, der Älteste begreift als Erster das Entsetzliche.

„Ja, ich brauche seine Personalien und ob er Familie hat."

„Severin Dokubil, wir nennen ihn deshalb Puffy", schmunzelt müde Bertram. „Wir sind aus München, dort lebt Puffy mit Rüdiger Schmalzer zusammen."

„In einer eingetragener Partnerschaft?"

„Nein, nur so. Seine Eltern sind aus Passau, dort lebt auch sein Bruder."

„Puffy", Karlheinz bleibt bei der Bezeichnung, „hatte keine Papiere bei sich. Was wollte er Am Steinhof?"

„Ich weiß nicht. Was ist Am Steinhof?"

„Eine Menge Gesundheitseinrichtungen mit einem großen Park."

„Macht man dort Geschlechtsumwandlungen? Puffy hatte öfter davon gesprochen."

„Warum?" Karlheinz kann es nicht verstehen. „Wenn er einen Partner hatte, für wen wollte er sich wandeln?"

Bertram schaut Karlheinz irritiert an. „Er fühlt sich als Frau. Geboren im falschen Körper. Auch wenn du es nicht verstehst, akzeptiere es."

„Ich akzeptiere es. Was sagt sein Partner in München, Rüdiger dazu?"

„Du hast Recht, der akzeptiert es nicht."

Roberto der bisher schwieg, meint, „meine Familie hat lange gebraucht bis sie mein Outfit akzeptierten. Mein Sohn stöhnt noch immer auf, wenn er mich im Kleid sieht."

Bertram holt seine Aktentasche und gibt Karlheinz die Namen und Adressen von Puffys Familie und Partner. Karlheinz besichtigt noch das Zimmer, das die vier Damen sich teilen und beschlagnahmt Puffys Koffer. Sein Gepäck war noch nicht ausgepackt.

„Seit wann seid ihr in Wien?"

Bertram, der ihm alles zeigt meint, „seit gestern. Um acht am Abend sind wir hier angekommen."

„Ist es üblich, dass Puffy in Kleidern ausgeht?"

„Außer Heinrich machen wir das alle. Heinrich nicht, der zieht die Fetzen nur für den Auftritt an."

„Hatte Puffy gesagt wohin er wollte?"

„Nein, ich hatte ihn erst nach Mitternacht vermisst. Da firl mir das leere Bett auf."

„Und das hat Sie nicht beunruhigt?"

„Ich hatte ihn beneidet. Kaum ist er da und schon hat er einen Partner gefunden, dachte ich."

„Er hat doch Rüdiger?", Karlheinz ist seinem Freund Marcus treu verbunden und wundert sich immer wieder, wenn er von den sonst üblichen schlampigen Verhältnissen erfährt.

„Zu Hause, doch wenn wir unterwegs sind, genießen wir die Freiheit." Kokett blinzelt Bertram Karlheinz an. Den würde er auch gerne genießen.

„Danke, das ist vorläufig alles. Den Koffer nehme ich mit."

Zurück im Büro übergibt Karlheinz den Koffer und die Daten Gerlinde. Die sucht im Zentralcomputer über die drei Personen weitere Daten heraus.

„Wir werden Amtshilfe brauchen", knurrt Pospischil. „Zur Familie des Opfers soll Max fahren."

„Wer soll in München Schmalzer, den Partner des Opfers befragen?" Gerlinde muss den Reiseantrag, für den ermittelnden Beamten, stellen.

„Auch Max. Ich kann doch nicht zwei Leute nach Bayern schicken." Jürgen überlegt, ob er die Befragung nicht gleich den Kollegen in Deutschland überlässt. Er ist sich sicher, er findet das Mordmotiv und den Mörder hier in Wien.

Hauptmann Maximilian Schubert, der den Bericht von Karlheinz liest, „gibt es am Steinhof im Krankenhaus Geschlechtsumwandlungen? Ich meine, machen die sowas?"

Karlheinz lacht, „sicher, nur kaum um Mitternacht."

„Wer weiß? Ich würde in so einem Fall auch nicht am helllichten Tag die Ambulanz aufsuchen."

„Puffy schon, er war stolz, eine Frau zu sein", erklärt ihm Karlheinz.

„Der musste auch nicht hier im Landeskriminalamt arbeiten", schnauft Gerlinde, „sonst wüsste er, welche Nachteile man als Frau hat."

„Oh, unsere arme Kollegin", hänselt Max. „Hat dich dein Liebhaber verlassen?"

„Genau diese sexistischen Gemeinheiten meine ich." Gerlinde drischt wütend auf die Tasten des PCs.

„Max ist gemein, doch der PC kann nichts dafür", versucht Jürgen zu beruhigen. Er wirft Max einen mahnenden, vorwurfsvollen Blick zu.

Der murmelt, „entschuldige Gerlinde."

Jürgen trifft die Anordnungen. „Max, du fährst gleich. Erst nach Passau zur Familie, dann zum Lebensgefährten nach München. Gerlinde, du informierst die zuständigen bayrischen Kommissariate. Karlheinz, schau dich in dem Krankenhaus Baumgartner Höhe um. Vielleicht hatte er wirklich dort ein Rendezvous. Der Park spricht meiner Meinung nach nicht dafür. Zu weit weg."

Karlheinz nickt und will raus. Er fragt: „Wann haben wir den Bericht der Spurensicherung? War der Park der Tatort? Um vier Uhr nachts war er ja geschlossen."

„Ich gehe in die Gerichtsmedizin. Müller kann mir jetzt sicher mehr erzählen." Jürgen steht ebenfalls auf.

Max nimmt den Zug. Am späten Nachmittag meldet er sich bei der Polizeidirektion in Passau. Förmlich wird er von einer Polizeioberrätin empfangen.

„Herr Hauptmann, wir sind Ihnen gerne behilflich. Unser Herr Polizeikommissar Schulz wird Sie begleiten und er wird die Befragungen durchführen. Ich halte es auch für besser, wenn er Sie nach München begleitet. Natürlich in einem unserer Polizeifahrzeuge. Danke. Es hat mich gefreut Sie kennen zu lernen."

Der junge Mann, der schmunzelnd dabeisteht, zieht ihn am Oberarm nach draußen. „Unsere Chefin, immer korrekt."

„Sie kennen den Fall?" Max weiß nicht, wie er ihm die Fragen überlassen kann.

„Ja, ich habe persönlich mit eurer Kommissarin telefoniert, um auch Details die nicht im Bericht stehen zu erfahren."

Kommissarin? Ach, er meint Gerlinde. Die unterschiedlichen Bezeichnungen der Dienstgrade in den Polizeiorganisationen machen sich bemerkbar.

Das Haus der Familie Dokubil ist an der Stadtgrenze, fast in Ingling. Schulz läutet und stellt sie vor. Die Frau bittet sie in das bürgerlich, im Stil der 70er Jahre, eingerichtete Wohnzimmer. Eine große Glasfront gibt den Blick über den Inn zum Stadtzentrum frei. Ein älterer Herr mit üppigem weißem Haar steht auf, um sie zu begrüßen.
„Was führt Sie zu uns? Wiener Polizei?"
„Wir müssen Ihnen leider eine traurige Mitteilung machen. Severin wurde in Wien ermordet."
Die Mutter, die sich auf die Bankkante setzte, seufzt auf.
„Severin? Wer soll das sein?" Der Vater schaut die Polizisten böse an.
Fassungslos erwidert Schulz, „Ihr Sohn."
„Ich habe nur einen Sohn und der ist hier und nicht in Wien!"
Im Gegensatz zum Vater, hat die Mutter ein Taschentuch herausgeholt und zum Auge geführt.
Max wollte nichts sagen, doch rutscht es ihm heraus, „Ihre Tochter."
„Tochter haben wir schon gar nicht. Was wollen Sie von uns? Wir geben der österreichischen Polizei keine Auskünfte."
„Deshalb bin ich hier." Schulz hat sich gefasst. Er hatte bisher nur von Eltern die ihre Söhne wegen ihrer Veranlagung verstoßen gehört. Nun lernt er es erstmals in der Praxis kennen.
„Wann haben Sie Severin das letzte Mal gesehen?"
Mit hochgerecktem Oberkörper faucht der Vater, „ich sagte Ihnen doch."
„Zuletzt war er vor zwei Jahren hier", wimmert die Mutter.
„Er war ein so liebes Kind, doch als er vor vier Jahren begann von seinem falschen Körper zu sprechen, haben wir ihn nicht mehr verstanden."
„Vor zwei, oder drei Monaten wollte das Schwein sogar Geld von mir." Der Vater hat sich zwar wieder gesetzt, doch nicht

beruhigt. „Er braucht es für seine Geschlechtsumwandlung. Dafür verzichtet er auf sein Erbe. Als ob ich ihm mehr als den Pflichtteil vermache."

„Nun, das brauchen Sie jetzt auch nicht mehr", höhnt Schulz.

„Hat er Ihnen gesagt, wo er diese Geschlechtsumwandlung durchführen will?"

„Weiß ich nicht. Will ich auch nicht wissen. Fragen Sie doch diesen Kerl in München. Der redete es ihm doch ein."

Max schaut die Mutter fragend an. Er bemerkt, sie will ihm etwas sagen, traut es sich jedoch nicht in Gegenwart ihres Gatten.

„Hatte sein Bruder mit ihm Kontakt?" Schulz setzt fort.

„Nein, das habe ich ihm verboten!"

Die Mutter nickt kaum merklich mit dem Kopf. Max zwinkert ihr verschwörerisch zu.

Obwohl es Schulz nicht bemerkt hat. „Wann kann ich Severins Bruder sprechen?"

„Er kommt nicht vor acht heim", antwortet die Mutter.

„Arbeitet er in Passau?"

Drohend meint der Vater. „Wollen Sie meinen Sohn an der Uni mit dieser Schweinerei belästigen?"

„Ach, an der Uni und da kommt er so spät heim?"

Die Mutter springt wieder ein. „Er hilft heute am Nachmittag in einem Lokal aus."

„Fein, in welchem? Dann sind wir schon wieder weg." Schulz stellt fest, hier bekommen sie keine Informationen die weiter helfen. Max gibt ihm recht.

Schulz und Schubert suchen das Lokal im Zentrum von Passau auf. Hauptsächlich wird das Lokal von Touristen besucht, die ein typisch bayrisches Ambiente suchen. Es ist halb sieben. Der junge Mann, der hinter dem Tresen die Gläser und Bierkrüge schlichtet, ist Severins Bruder. Sie dürfen sich mit ihm an einen Tisch setzen.

„Ach Severin, der arme Kerl", murmelt betrübt, mit feuchten Augen, der Bruder. „Ich liebe, liebte ihn. Vater hat viel zu streng reagiert."

„Wann hatten Sie zuletzt Kontakt zu ihm?"

„Vor einer Woche. Er hat beim Notar einen Erbverzicht zu meinen Gunsten unterzeichnet."

Beide Polizisten schauen erstaunt. Schulz fragt. „Wie, weshalb einen Erbverzicht?"

„Ich habe einen Kredit aufgenommen und ihm zehntausend Euro gegeben."

„Ist das Erbe nicht viel mehr wert?"

„Das weiß ich nicht. Ich habe nicht mehr bekommen. Habe ja keine Sicherstellung für die Bank. Severin brauchte das Geld dringend für seine Operationen."

„Hat er es auf ein Konto bekommen?"

„Nein, ich habe es ihm bar gegeben. Er meinte, dass es die Ärzte nicht offiziell annehmen."

Max muss grinsen: Klar wer will schon versteuern.

Auch Schulz versteht. „Hatte er außer diesen Zehntausend noch weiteres Bargeld?"

Der Bruder kichert, „ja, er hat es zu einem Bündel Banknoten in seinem Büstenhalter untergebracht. In der anderen Brust habe ich auch etwas, hatte er zu mir gesagt. Wie viel es ist, weiß ich nicht."

„Danke, das Geld könnte ein Motiv sein." Schulz nickt Max zu.

Sie verabschieden sich von Severins Bruder.

Schulz erklärt den weiteren Ablauf. „Für heute bringe ich Sie ins Hotel. Morgen fahren wir nach München, dort treffen wir auf der Polizeiinspektion Bogenhausen um zehn Uhr Rüdiger Schmalzer. Ich rechne mit drei Stunden also um sieben Uhr Abfahrt."

„Ich bin bereit", bestätigt Max.

Max bezieht sein Zimmer im Hotel am Spitzberg. Nachher geht er alleine zu Fuß ins Stadtzentrum. Nach dem langen Sitzen im Zug und im Büro tut ihm etwas Bewegung gut. Er genießt einen späten Imbiss, danach geht er zurück ins Hotel um zu schlafen.

2 Dienstag

Schulz fährt pünktlich um sieben Uhr beim Hotel vor. Max wartet mit seinem kleinen Köfferchen auf ihn. Während der Fahrt schmunzelt Schulz, „ich habe noch eine Überraschung für Sie. Nach dem Gespräch mit Schmalzer haben wir noch einen Termin in der technischen Klinik."

Max ahnt es, doch stellt er trotzdem die Frage: „War Severin dort in Behandlung?"

„Richtig, unsere Frau Polizeioberrätin hat meinem Chef den Auftrag gegeben nachzuforschen. Wir überlassen doch nicht alles euch Wienern."

Sie verspäten sich um ein paar Minuten. Schmalzer wartet bereits unruhig in der Polizeiinspektion.

„Guten Tag Herr Schmalzer. Ich habe eine traurige Mitteilung für Sie."

„Ist Severin etwas passiert? Sie sind doch von der Wiener Polizei?"

„Nein, ich bin Polizeikommissar Schulz. Mein Begleiter ist Hauptmann Schubert aus Wien."

„Ja", ängstlich wartet Rüdiger auf das, was ihm mitgeteilt wird.

„Severin Dokubil wurde tot in Wien aufgefunden."

Rüdiger schluckt und stammelt schließlich, „wie… ist… es passiert? Ist die Operation schiefgelaufen?"

Max sollte zwar schweigen, wirft aber ungeduldig ein, „wollte er sich in Wien operieren lassen?"

„Ich weiß es nicht. Er hatte Termine hier in der technischen Klinik."

„Was hat er in Wien gemacht?" Schulz übernimmt wieder die Befragung.

„Er hatte mit unseren Freunden dort einen Auftritt. Die vier waren wahnsinnig aufgeregt. Der Klub soll sehr exklusiv sein."

Max grinst. Er kennt von Karlheinz' Erzählungen den Wellnessklub in der Hinterbrühl. Als ihn Schulz fragend anblickt, nickt er deshalb zustimmend.

„Gibt es Freunde, die er in Wien aufsuchte?"

„Wir kennen niemanden in Wien. Fragen Sie Bertram, der hat die Reise organisiert."

Schulz übergibt die Befragung offiziell an Max. „Haben Sie noch Fragen? Kollege."

„Severin hatte für seine Operation Geld. Wissen Sie, wo sich das Geld befindet?"

„Er hat das Geld immer in seinem Büstenhalter gebunkert. Er wollte es keiner Bank anvertrauen."

„Wie stehen Sie zu seiner Geschlechtsumwandlung?"

„Ich bin dagegen. Er ist ein so schöner Bursche und ich bin schwul. Was mache ich mit einer Frau?" Rüdiger wird erst jetzt die ganze Tragödie bewusst. Die Tränen rinnen ihm über die Wangen runter.

„Gibt es einen anderen Mann?"

„Nein ich habe nur ihn, hatte nur ihn. Ich war ihm immer treu."

„Ich meinte, hatte Severin einen anderen Mann?"

„Das ist es ja, was ich nicht verstehe. Er wollte keinen anderen Mann."

„Kann ich die Wohnung und Severins Zimmer sehen?"

„Ja fahren wir zu mir."

Es ist ein kleines Reihenhaus nahe einer Schnellbahnstation. Ein gepflegter Wohnbereich mit Küche im Erdgeschoss und das Schlafzimmer mit Bad in der Mansarde.

Rüdiger führt die Polizisten in eine kleine Kammer. „Hier ist unser Schreibtisch mit der PC-Anlage. Ich gebe Ihnen das Passwort."

„Danke, benützen Sie mit Severin die Datenbank und Mails gemeinsam?"

„Ja, wir hab…, hatten keine Geheimnisse voreinander."

Schulz schaut als erster die Mails durch und schüttelt den Kopf. Nichts weist auf Wien oder einen Wiener Bekannten hin.

Max lädt sich die Mails auf einen Stick runter. „Vielleicht können mir seine Freunde, die noch in Wien sind, dazu etwas mehr sagen", meint Max zu seiner Entschuldigung, da Schulz missbilligend schaut.

„Na ja, wenn Herr Schmalzer nichts dagegen hat. Korrekt ist es nicht."

„Es geht schon in Ordnung. Bitte finden Sie Severins Mörder."

„Nur der Ordnung halber. Wo waren Sie in der Nacht von Sonntag auf Montag?" Schulz fragt pro forma, da er nicht annimmt dass Rüdiger nach Wien fuhr.

Rüdiger schluckt und schaut Schulz verlegen an. Der und Max recken den Kopf. Was jetzt?

„Ich war nicht alleine. Ein Freund war in der Nacht bei mir", raunt Rüdiger leise.

„Das ist doch jetzt egal. Namen und Adresse des Freundes und wir sind schon weg."

Rüdiger schreibt es Schulz auf. Max denkt noch: Dass zur gegenseitigen Treue.

Sie suchen die technische Klinik auf. Von Professor Heinrich Berner werden die Polizisten schmunzelnd erwartet. „Welcher der Herren will sich umwandeln lassen?"

„Wir nicht. Es geht um einen Ihrer Patienten Severin Dokubil. Er wurde in Wien ermordet." Schulz dachte, der Professor wurde bereits über ihr Anliegen verständigt.

„Ich weiß, ich weiß. Der junge Mann war sehr verzweifelt und hat mich das erste Mal vor zwei Jahren wegen einer Operation kontaktiert."

„Wann hatte Severin mit seiner Geschlechtsumwandlung begonnen?"

„Überhaupt nicht. Erst war es Rüdiger sein Lebensgefährte, der dagegen war und dann fehlte ihm das Geld. Wir sprechen übrigens von einer Geschlechtsangleichung."

„Wie viel braucht es dazu?"

„Ungefähr zehn bis maximal zwanzigtausend. Natürlich ist es gut, wenn für die anschließende Erholung noch einiges Geld vorhanden ist."

Max rührt sich, „könnte es in Wien billiger sein?"

„Das kann ich mir nicht vorstellen. Wenn es wo billiger ist dann weiter im Osten. Das finde ich allerdings auch nicht empfehlenswert."

„Wann wäre bei Ihnen Severins nächster Termin?"

„Es gibt keinen Termin. Er wollte sich rühren, sobald er genug Geld beisammen hat."

Schulz übernimmt die Verabschiedung. „Ich danke Ihnen Herr Professor. Auf Wiedersehen."

„Wiederschauen", brummt Max.

„Ich fahre Sie zum Bahnhof. Oder haben Sie in München noch weitere Termine?"

„Danke ich fahre zurück."

Im Landeskriminalamt Wien sucht Gerlinde inzwischen die für Geschlechtsangleichungen zuständigen Institute heraus.

Sie telefoniert mit der Wiener Universitätsklinik und erreicht schließlich die plastische und rekonstruktive Chirurgie.

„Wir können Ihnen, besonders in einem solchen Fall keine telefonischen Auskünfte erteilen. Wenn Sie kommen, bringen Sie uns den Gerichtsbeschluss mit. Dann werde ich nachsehen, ob uns dieser Patient bekannt ist."

Jürgen grinst, als ihn Gerlinde um Hilfe bittet. „Das ist doch verständlich. Noch dazu bei einem so heiklen Thema. Ich gehe selbst zu Moser und besorge das nötige Papier."

Jürgen besorgt über Staatsanwalt Heinz Moser den Beschluss und macht sich mit Gerlinde auf ins Allgemeine Krankenhaus mit den zwei Hochhäusern.

Sie werden nach mehreren Gesprächen schließlich an Frau Professor Christine Horak verwiesen. Ihr Klinikbereich ist im achten Stock untergebracht. Professor Horak steht in einem hellen größeren Raum der wenig Klinisches an sich hat und weist mit der Hand auf eine bequeme Sitzgruppe.

„Einen schönen guten Tag, Herr Major. Um welchen Patienten geht es? Ermordet wurde mir berichtet." Doktor Horak ist sehr freundlich, drückt sich aber etwas geschwollen aus.

„Ja eine scheußliche Sache. Severin Dokubil, ein junger Mann in Damenkleidern wurde auf einer Wiese erwürgt aufgefunden. Wir benötigen mehr Informationen über seinen hier geplanten Aufenthalt."

„Severin? Der Bursche ist tatsächlich verstört, um nicht gestört zu sagen. Er wurde mir von Professor Berner empfohlen. Ich habe mit dem Patienten lediglich telefoniert. Er hat mit mir einen Gesprächstermin für kommenden Donnerstag vereinbart. Ich bat ihn vorher noch mit einem Psychologen daüber zu sprechen."

„Wenn Sie mit ihm nur telefonierten, wieso finden Sie ihn gestört?" Gerlinde findet diese Ferndiagnose der Professorin etwas seltsam.

„Bei Berner war er bereits mehrmals und der Professor hatte mir seinen Bericht zugeschickt. Am Telefon hatte Severin viele widersprüchliche Fakten angegeben. Ich werde ganz sicher nicht, ohne dass sich ein Patient der vollen Tragweite seiner Handlung bewusst ist, operieren. Bisher wurde bei ihm noch nicht einmal mit der Brust begonnen. Ich kann Ihnen nur empfehlen, darüber mit Doktor Herbert Pfunds zu sprechen. Vielleicht war Severin bereits beim Psychologen."

Jürgen verabschiedet sich. Auch Gerlinde weiß nicht was sie noch fragen kann.

Als sie sich bereits zum Gehen wenden fällt Gerlinde noch ein: „Ach ja Doktor Pfunds, wo finden wir ihn im Haus?"

„Er ist nicht hier im Allgemeinen Krankenhaus. Sie finden ihn im Sozialmedizinischen Zentrum Baumgartner Höhe. Ich glaube im Pavillon Wienerwald. Fragen Sie dort den Portier."

Jürgen fährt mit Gerlinde in die von Otto Wagner errichtete Krankenhausanlage. Am Haupteingang schickt sie der Portier auf ihre Nachfrage zum Pavillon 20 weiter.

„Das sollten Sie aber zu Fuß gehen", fordert der ältere Mann sie auf.

„Danke", meint Jürgen zum Portier. Zu Gerlinde murmelt er, „das ist nicht allzu weit weg vom Fundort der Leiche."

„Zeigst du mir anschließend die Stelle?"

„Ja gerne, wenn wir schon hier sind. Da kann ich auch gleich den Weg abgehen."

„Guten Tag. Womit kann ich der Polizei helfen?" Pfunds schaut die Polizisten neugierig an.

„Es geht um Severin Dokubil. Der Beschluss, ist zwar auf die Uniklinik ausgestellt, aber es geht um die gleiche Person", meint Gerlinde entschuldigend und legt dem Arzt das Papier vor.

Pfunds schaut in seinen Kalender. „Ja mit dem Mann hatte ich gestern einen Termin. Aber er ist nicht gekommen. Hat das mit der Leiche zu tun, die gestern in der Früh hier in der Nähe aufgefunden wurde?"

„Richtig, das war Severin. Was können Sie uns über den Mann sagen?" Jürgen vermutet, dass es mehr gibt. Pfunds hat doch sicher mit Doktor Horak gesprochen und wahrscheinlich auch einen Bericht des Münchner Arztes bekommen.

„Persönlich kenne ich ihn nicht. Ich weiß nur, was mir meine Kollegen mitteilten."

„Für wieviel Uhr hatten Sie den gestrigen Termin vereinbart?" Gerlinde spürt, es ist hier im Pavillon etwas geschehen.

„Ja, er wollte gleich um acht Uhr hier sein."

Jürgen lauert, „machen Sie öfter psychologische Beratungen bei Geschlechtsumwandlungen?"

„Ja, die betroffenen Chirurgen wenden sich an uns. Es handelt sich schließlich um einen nicht lebenswichtigen, dafür aber nicht rückgängig zu machenden Eingriff."

„Hm, raten Sie in der Regel ab?"

„Es kommt auf die Person an. Viele wollen selbstsicher die Geschlechtsangleichung vornehmen. Aber immer öfter berate ich junge Männer, die sich nicht sicher sind, was sie wirklich wollen."

Gerlinde greift an. „Severin wollten Sie abraten. Was haben Sie ihm erzählt?"

„Oh, ich habe…, ich kenn ihn nicht… Nun…, am Telefon habe ich ihm geraten, es vorher mit seinem Freund abzuklären." Pfunds stottert aus unerklärlichen Gründen.

Gerlinde und Jürgen schauen sich deshalb auch verwundert an. Auch Jürgen wird bewusst. Dieser Arzt weiß etwas mehr und verheimlicht es. „Es war also ein längeres Telefongespräch. Was hat Ihnen Severin erzählt?"

Pfunds fasst sich und spricht wieder klar. „Er meinte, sein Freund ist ihm egal. Er hat einen anderen Partner, hier in Wien gefunden."

Jürgen grinst freundlich. „Wer? Das hat er doch sicher auch verraten?"

Pfunds steht abrupt auf. „Ich weiß nichts über seine privaten Beziehungen. Auf Wiedersehen."

Jürgen und Gelinde bleibt nichts anderes übrig. Auch sie verabschieden sich.

Karlheinz besucht nochmals die drei „Damen" im Wellnessklub. Es ist erst 10 Uhr. Gustav sitzt unausgeschlafen am Empfangspult. „Was suchst du hier schon wieder?", knurrt er.

„Ich will deine Künstlerinnen nochmals sprechen. Wie war der gestrige Auftritt?"

„Gelungen. Von den Gästen weiß ja keiner, dass es vier Kerle sein sollten. Die Gesangsdarbietungen haben auch gepasst, obwohl angeblich Severin der beste Sänger sein soll."

„Gut, wo finde ich Bertram? Ich brauche von ihm die genauen Personalien."

„Ach mein Lieber, du bist lästig. Die Vorstellung hat bis zwei Uhr gedauert. Alle schlafen noch. Geh bitte inzwischen in die Sauna. Ich werde die Kerle wecken."

„Ich bin im Dienst", empört sich Karlheinz. „Ich kann nicht hier herum…"

„Klar, vor allem weil Marcus nicht mit ist. Ich erzähle ihm schon nichts", meint verschwörerisch Gustav.

„Von mir aus." Karlheinz bekommt einen Kabinenschlüssel und zieht sich aus. Als er aus der Sauna raus kommt, erwartet ihn bereits Bertram mit einem Badetuch um die Hüfte und dunklen Ringen unter den Augen.

Ohne damenhafte schwindlige Bewegungen setzt sich Bertram auf den Barhocker. Karlheinz staunt über den Kontrast. Am Montag hat er ihn noch als elegante Dame kennengelernt und nun sitzt ihm ein etwas fülliger großer Mann gegenüber.

„Verzeih, aber ich brauche noch von euch allen die genauen Personalien und was jeder in jener Nacht von Sonntag auf Montag gemacht hat. Das Protokoll eben."

„Du brauchst dich nicht entschuldigen", lächelt Bertram verständnisvoll. „Gustav hat mir schon erzählt, dass du ein sehr korrekter Beamter bist."

„Schön, also wie ist es?"

„Bertram Ferenz vierunddreißig Jahre alt. Aber Gustav hatt unsere Pässe kopiert, genügt dir das?"

„Sicher, wann seid ihr angekommen? Wo?"

„Wir sind mit der Bahn gekommen. Mit den großen Koffern ist fliegen nicht drin. Horst hat uns mit dem Wagen vom Bahnhof in Wien abgeholt und wir sind direkt hierher."

„Um wieviel Uhr ward ihr hier?"

„So gegen acht. Wir haben hier im Klub zu viert zu Abend gegessen. Gustav hat sich über uns sehr gefreut."

„Gustav veranstaltet gerne besondere Events. Was geschah nach dem Essen?"

„Wir haben uns ausgezogen und im Wellnessbereich erholt. Ich ging noch mit Gustav das Programm durch und war vor Mitternacht im Bett." Bertram beugt sich vor und legt Karlheinz seine Hand auf den Oberschenkel. „Alleine. Heute Abend habe ich bis acht Uhr Zeit, dann erst treten wir wieder auf."

Karlheinz schmunzelt. „Gestern, bist du da vor dem Auftritt auch alleine gewesen?"

„Wieso, brauche ich da auch ein Alibi?" Bertram schaut Karlheinz verstört an.

„Nein, ich will's nur wissen. Wie entstand dein Kontakt zu Gustav?"

„Ein gemeinsamer Freund hat mich vermittelt."

„Wer?"

„Was weiß ich? Ist das wichtig?"

„Ja, deshalb frage ich. Wir suchen noch immer nach dem Mordmotiv."

„Vielleicht das Geld. Habe ich dir schon gesagt, das Puffy im Büstenhalter Geld bunkerte?"

„Nein, du sagst mir fast nichts. Wer aller wusste von dem Geld?"

„Alle. Puffy hat ständig gejammert. Wie viel ihm noch fehlt. Im Zug hat er gejubelt und uns verraten, dass er fast Zwanzigtausend beisammen hat."

„Geld war keines bei der Leiche. Wer hat ihn also ausgeraubt? Warum wurde er mit seinem Halstuch erwürgt? Das schaut nach Mafia aus."

„Ja? Der Schaffner der uns den Sekt ins Abteil brachte, war Italiener."

„Du lenkst ab. Also wer hat dir Gustavs Adresse gegeben?"

„Du bist hartnäckig. So machst du dir keine Freunde", schmollt Bertram.

„Ich habe einen Freund und der genügt mir. Alle anderen Menschen sind nur potenzielle Mörder, die ich jage."

Bertram schaut mit offenem Mund Karlheinz verwirrt an. „Mich hältst du auch für einen Mörder?"

„Hast du die anderen zwei Damen gehört, als sie ins Zimmer gekommen sind?"

„Die sie sind später gekommen. Ich habe bereits geschlafen."

„Gut das ist es fürs Erste. Schick mir Roberto."
Bertram geht etwas geknickt. Er versteht nicht, was Karlheinz
von ihm will.

Roberto kommt in einem dünnen Leinenkleid. Er faucht. „Hier
vor der Sauna? Willst du nackt bleiben?" Ihn stört es, dass er
von einem nackten Polizisten verhört wird.
„Klar, ich wollte eigentlich mit dir hinein in die Sauna-
kammer."
„Vergiss es. Ich bin nicht schwul. Mir gefallen nur die Kleider.
Zieh dir einen Bademantel an und lass uns raus ans Buffet
gehen." Roberto rauscht mit einer eleganten Bewegung von
der Bar im Saunabereich weg.
Karlheinz lässt sich von dem höhnisch grinsenden Jungen
hinter der Bar einen weißen Bademantel geben.
Am Buffet beginnt Justus bereits die Brötchen herzurichten.
„Unglaublich, dass nach der gestrichen Nacht schon wieder so
ein Betrieb herrscht", jammert Justus. „Wenn ich noch weitere
Mitarbeiter einstellen muss, fressen mich die Löhne auf."
„Lass dich klonen", empfiehlt ihm Karlheinz.
„Du mit deinem Beamtengehalt und einer anschließenden
Pension, kannst es natürlich nicht verstehen. Ich muss Tag und
Nacht schuften, um über die Runden zu kommen. Es reicht
kaum zum Essen."
„Oh, dann kann ich dir jetzt kein Brötchen abkaufen."
„Wieso?"
„Dann hast du doch nichts mehr zu essen."
„Ich bring dich noch um. Was machst du hier? Suchst du einen
Mörder?"
„Du hast es erraten. Eines deiner Brötchen war vergiftet."
„Fein, verhafte mich bitte, dann kann ich mich endlich in einer
Zelle ausschlafen."
Roberto, der an einem Tisch mit einem Glas Fruchtsaft sitzt,
faucht ungehalten. „Kannst du endlich deine Fragen stellen.
Ich bin extra aus dem Bett raus."

„Gib mir auch einen Fruchtsaft und das Salamibrot mit Ei drauf", bestellt Karlheinz bei Justus. „Tja, Roberto ich will nur wissen, was hast du in der Nacht von Sonntag auf Montag gemacht?"

„Nichts. Ich war müde. Um acht oder war's schon neun, haben wir gegessen. Justus, deine Küche ist spitze!", schreit Roberto zum Buffet. „Anschließend bin ich auf unser Zimmer, das ist verdammt eng, und habe die Kleider aufgehängt."

„Bertram sagte, er war der Erste der aufs Zimmer ging. Also?"

„Als ich die Kleider durchschaute war ich alleine, dann bin ich im Restaurant an die Cocktailbar. Dort hat mich ein alter Kerl angebaggert und ich bin wieder aufs Zimmer."

„Wie spät war es da?"

„Genau weiß ich es nicht. Der Bursche hinter der Bar machte Schluss."

„Dann bist du nicht wegen des alten Kerls, sondern weil die Bar schloss gegangen", stellt Karlheinz fest und wartet, was jetzt kommt.

„Ist das so wichtig?"

„Ja. Wie war dein Verhältnis zu Puffy? Es gab doch Streit?" Karlheinz hat es von Max gelernt. Beschuldige sie und dann werden sie unsicher und weich.

„Blödsinn, das übliche wenn es um Kleider und vor allem dem Auftritt geht. Puffy glaubte die Schönste zu sein."

„War er das nicht. Ich habe ihn nur Tod gesehen und fand ihn sehr schön", provoziert Karlheinz bewusst.

„Diese dumme Gans. Ständig drängte er sich in den Vordergrund und krächzte altmodische Melodien."

Karlheinz lehnt sich lächelnd zurück, doch die Lehnen der Stühle sind zu niedrig, so dass es ihm im Rücken schmerzt.

„Au, ah, na gut. Als du aufs Zimmer bist, wen hast du noch gesehen?"

„Bertram, der hat geschnarcht, dass das Bett wackelte. Ich habe ihm kurz die Nase zugehalten, damit es aufhört, doch nach ein paar Minuten ging es wieder los."

„Wann ist Heinrich gekommen?"

„Der kam nicht. Ich habe ihn erst zum Frühstück getroffen. Wo er geschlafen hat und mit wem, musst du ihn schon selbst fragen."

„Das werde ich."

Auf Heinrich muss Karlheinz etwas warten. Er, der Jüngste des Kleeblatts, kommt in einem schmuddeligen Jogginganzug. Sein perfektes Makeup steht dazu im Kontrast. Ihm kann Karlheinz die vergangene wilde Nacht nicht ansehen.

„Einen schönen guten Morgen, Herr Kommissar, oder muss ich Hauptkommissar sagen?"

„In Österreich gibt's keine Kommissare, ich bin Bezirks-inspektor, aber sag Karlheinz zu mir."

„Was soll ich dir erzählen?"

„Alles. Was war mit dem Streit an dem Abend als ihr hier ankamt?"

„Oh, das war doch nichts Böses. Puffy gab mit seiner baldigen Geschlechtsumwandlung an. Er höhnte Bertram und meinte wir müssen uns einen anderen Sänger suchen, da eine echte Frau nicht in die Travestie passt."

„Was war zwischen ihm und Roberto?"

„Nur Blödsinn. Roberto hat finanzielle Probleme. Sein Sohn machte Dummheiten." Heinrich reißt plötzlich seine Augen auf. „Aber Roberto begeht doch keinen Raubmord. Das sicher nicht. Das Geld? Wenn es Puffy nicht in der Brust hatte, dann ist es im Koffer, da gibt's ein Seitenfach."

„Roberto wollte also Puffys Geld?" Karlheinz strahlt. Das klärt sich ja schnell auf.

„Na ja, ich will nichts gesagt haben. Roberto meinte, wenn ihm Puffy das Geld borgt, zahlt er ihm höchste Zinsen."

„Was antwortete Puffy?"

„Nichts, er lachte nur. Er war an diesen Abend zu jedem von uns scheußlich. Plötzlich so gegen zehn war er dann weg."

„Na danke, das genügt mir fürs erste. Wie lange bleibt ihr in Wien?"

„Bis Samstag. Am Montag müssen wir wieder in München arbeiten."

„Ihr tretet jeden Abend auf?"

„Geh, wo, das zahlt dieser Geizkragen nicht. Nur noch am Mittwoch und Freitag. Bertram bearbeitet Gustav, damit er uns auch am Samstag auftreten lässt."

„Das wäre doch sehr vernünftig. Am Samstag sind die meisten Leute hier." Karlheinz versteht auch nicht weshalb die Gruppe nur an Wochentagen auftritt.

„Das sagte Bertram zu Gustav auch. Nur meinte Gustav: Wir sollten ihm Gäste ins Haus bringen und nicht verscheuchen."

Karlheinz überlegt, wen er noch befragen kann. Vorläufig scheint ihm Roberto verdächtig. Das Geld war jedenfalls nicht im Büstenhalter. Er lächelt nochmals Justus an.

„Dein Freund Ludwig hat doch vom dicken Adi eine Menge Goldmünzen geerbt."

„Das bisschen Geld. Wir haben derzeit für den Partyservice vier Lieferwägen unterwegs. Das kostet. Wegen der Küchenbenützung hier im Haus gibt es laufend Streit mit Gustav. Der kann den Hals nicht voll bekommen."

„Marcus Bank hat doch die Küche hier für dich finanziert? Gehört sie nicht dir?"

„Natürlich gehört die Küche mir. Das Schwein erhöht nur ständig die Miete für den Keller."

„Ludwig könnte Gustav ja flach legen, dann wird der Hausherr sicher liebevoller."

„Du", faucht Justus, „dich bringe ich noch um, dann hast du deinen Mörder gefunden."

Karlheinz lacht, zieht sich an und verlässt den Klub.

Horst, der Empfangsboy am Hoteleingang, grinst Karlheinz schelmisch an. „Na Süßer, hat dir Marcus heute frei gegeben, oder darf er nicht wissen dass du hier bist?"

„Ich habe ein paar Fragen gestellt. Erzähle es ruhig Marcus."

Karlheinz ist klar, dass Marcus baldigst erfährt wo er war.

„Puffy hat ein Kerl im dreihundert SL abgeholt. Ich glaube so um zehn herum."

„Ach", Karlheinz ist wie elektrisiert. Natürlich, noch weiß man nicht wie Puffy von der Hinterbrühl nachts in den Park Am Steinhof kam. „Du hast den Kerl gesehen? Weißt du auch das Kennzeichen?"

„Kennzeichen aufschreiben gehört nicht zu meinem Beruf. Du machtest das sicher, als du noch Streife schobst. Der Kerl dürfte schwarze Haare haben, aber es war dunkel. Du weißt, nachts ist jede Katze grau." Horst mag Karlheinz und genau deshalb ärgert er ihn gerne.

„Groß, mager, mein Gott sei nicht so verbohrt?"

„Er saß im Auto, das zur Größe. Mager? Sein Gesicht war kantig und bartlos. Die Nase war sehr ansprechend."

„Ansprechend? Ach du meinst groß?" Karlheinz schüttelt den Kopf. Immer diese blöden Sprüche.

„Es war ein Wien Umgebung Kennzeichen. Vielleicht hilft dir das. Von diesem alten Mercedes gibt es nicht viele."

„Farbe?"

„Dunkel im Dunkeln. Ich tippe auf blau. Es schimmerte leicht, nicht ganz wie schwarz. Es war keine Metallicfarbe."

„Danke Horst."

3 Mittwoch

Auch im Büro stellt sich Gerlinde die Frage. Wie kam das Opfer zum Tatort? Sie gibt, nachdem sie sich die öffentlichen Verbindungen ansieht, die Fahndung an alle Taxizentralen raus.

Kaum ist Gerlindes Anfrage raus, kommt Karlheinz. „Servus Gerlinde. Puffy hat ein Kerl im Mercedes abgeholt. Roberto ist scharf aufs Geld, hast du es im Koffer gefunden?"

„Mehr hast du nicht herausgefunden?" Gerlinde bremst Karlheinz' Euphorie ein. „Das Kennzeichen wäre nicht schlecht. Im Koffer ist nur Wäsche. Feinste Wäsche, wie ich sie mir nicht leisten kann."

„Es soll seitlich ein verstecktes Fach geben. Lass mich nachschauen."

Der lederne Koffer steht noch im Büro. Sie schauen nach. Es dauert 10 Minuten bis Karlheinz den Schnapper findet, mit dem er das geheime Fach öffnen kann. Bis auf ein kleines weißes leinengebundenes Notizbuch mit Goldprägung ist es leer.

Gerlinde stellt fest: „Es ist Raubmord. Puffy wurde des Geldes wegen ermordet."

Karlheinz blättert in dem Notizbuch. „Das verstehe ich nicht. Namen ohne Adresse, dann wieder Adressen ohne Namen. Was bedeutet das?"

Gerlinde schaut ihm über die Schulter zu. „Da eine Seite mit Zahlenkolonnen. Das muss ich mir in Ruhe anschauen. Ob Puffy hier eine Nebeneinnahme hatte?"

„Was meinst du?"

„Erpressung. Diese Daten so wie sie im Buche stehen sind typisch für intime Geheimnisse." Gerlinde schnappt sich das Büchlein und legt es auf ihren Schreibtisch.

Max erscheint. „Grüß euch, wo ist Jürgen? Er ist doch sonst immer der Erste."

„Richtig wo steckt er?" Auch Gelinde fällt es jetzt auf.

Karlheinz schließt das Fenster. „Gerlinde, es kommt nur heiße Luft herein. Wie du das immer aushältst?"
Gerlinde macht eine wegwerfende Handbewegung. „Was hast du in Bayern herausbekommen. Karlheinz hat gleich zwei Verdächtige."
„Habe ich auch. Der Vater der den Sohn verstieß und Severins Lebensgefährte der gegen Severins Geschlechtsumwandlung war."
„Hast du die Alibis überprüft?"
„Du bist strenger als Jürgen, hoffentlich kommt er bald. Der Lebensgefährte hatte in der Nacht einen Liebhaber. Der Vater wurde von meinem deutschen Kollegen nicht nach dem Alibi gefragt. Ich habe das Protokoll mit." Max gibt Gerlinde das Protokoll mit dem Stick auf dem sich Puffys Mails befinden.
Nun sitzen sie ratlos im Büro. Wie und wo sollen sie ohne Jürgen weiter machen?
Karlheinz liest die Protokolle des Vortages. „Wie schaut denn Doktor Pfunds privates Umfeld aus?"
Gerlinde murrt, „lass mich erst einmal fertig eure Berichte lesen. Wieso Pfunds privates Leben? Ich glaube nicht dass er Puffy persönlich kannte."
„Ist schon gut. Ich suche nach dem dreihundert SL, so viele wird es in Wien Umgebung nicht geben." Karlheinz schaltet seinen PC ein und geht in die KFZ Datenbank. Es dauert nicht lange und er stöhnt auf. „Oh Gott, achtzehn. Wo fange ich da an?"
Max hört es in seinem Büro, da er wie meist die Türe zum Büro der Inspektoren offen hält. „Sind sie alle dunkel? Ich erinnre mich, meist waren sie silbern."
Karlheinz sortiert neu. „Hm, vier schwarze, zwei blaue, ein grüner, soll ich die als dunkel bezeichnet nehmen?"
„Lass uns die zwei Blauen gemeinsam prüfen. Gerlinde wenn Jürgen kommt, sag ihm, wo wir sind." Max ist mit seinem Studium der Berichte fertig und will einfach raus aus dem Büro.

Karlheinz drückt Max die Liste in die Hand. Der wirft einen Blick drauf und jauchzt auf.

„Sag mal Karlheinz, liest du nicht, oder denkst du nicht? Der eine blaue Mercedes gehört einem Herbert Pfunds."

Karlheinz schaut erstaunt, „richtig diesem Doktor. Gerlinde bitte durchleuchte das Privatleben des Herrn", ruft er Gerlinde zu, dann rauscht er mit Max hinaus.

Gerlinde verzieht ihr Schnoferl. „Klar natürlich bleibt alles bei mir hängen."

Es ist schwül. Die Sonne brennt und drückt. Es scheint, als ob die Hölle einen Vorgeschmack auf die Erde sendet. Durchs geöffnete Autofenster stöhnt sie der Portier an, bevor er sie aufs Gelände lässt. Vor dem Pavillon steht der dunkelblaue Mercedes. Als Max mit Karlheinz in das Jugendstilgebäude tritt, stolpern sie über Doktor Pfunds.

„Guten Tag die Herren. Das ist eine geschlossene Anstalt", begrüßt sie der Doktor.

Max zieht seinen Ausweis. „Kriminalpolizei. Wir wollen zu Doktor Pfunds."

„Das bin ich. Gestern war doch bereits ein Polizeimajor mit Begleiterin hier. Worum geht's?"

„Um Severin Dokubil. Sie haben den jungen Mann aus dem Wellnessklub in der Hinterbrühl abgeholt. Wohin sind Sie mit ihm gefahren?" Max ist wie immer direkt und aggressiv.

Pfunds wird bleich, er hält sich an der Wand an. „Ich habe nicht…, nein ich habe nicht…", stammelt er unsicher. „Wir hatten nur telefonischen Kontakt."

„Schön dann können Sie mir sicher sagen wo Sie in der Nacht vom Sonntag auf Montag waren. Sagen wir von zweiundzwanzig Uhr an. Das ist die Zeit als Severin in der Hinterbrühl abgeholt wurde."

„Am Sonntag? Ich kann's euch nicht sagen. Es ist, wenn's rauskommt, ein Skandal."

„Ich kann Sie jetzt festnehmen. Das ist es wahrscheinlich auch ein Skandal. Also wo waren Sie?"

Pfunds ist käseweiß, seine Hände zittern, er schwitzt und schweigt.

Karlheinz mischt sich ein. „Severin hatte ein kleines weißes Buch. Wir entschlüsseln den Inhalt noch. Hat das mit dem Skandal zu tun?"

Pfunds, senkt seinen Kopf und sinkt buchstäblich in sich hinein. „Sie haben es?", haucht er kraftlos.

Max spielt den Wilden. „Raus mit der Sprache! Gestehen Sie endlich!"

Pfunds hebt sein Gesicht zu Max und quietscht, „ich kann nicht."

Karlheinz legt ihm brüderlich den Arm um die Schulter. „Wenn du ein Verhältnis mit ihr hattest, verstehe ich das. Sie war eine schöne Frau."

Pfunds strafft sich. Er blickt Karlheinz ergeben an. „Es ist nichts Sexuelles. Das heißt es geht um Sex, aber um den Sex der Anderen."

Max begnügt sich damit, drohend zu schauen. Karlheinz soll fortsetzen.

„Welcher Anderen? Du hast Puffy also abgeholt und wohin brachtest du ihn?" Karlheinz bringt absichtlich Severins Spitzname ins Spiel.

Pfunds holt tief Luft. „Ins erzbischöfliche Palais. Er ist dort am Platz ausgestiegen."

„Was weiter? Wohin bist du mit dem Auto?"

„Ich bin in der Stephansplatzgarage geblieben und habe gewartet. Um halb zwölf, oder eher kurz vor zwölf kam dann ein Kaplan, in schwarzer Kutte in die Garage und sagte, dass ich fahren kann. Es hat sich bereits erledigt. Das weiße Brevier wurde gefunden."

Max poltert los, „was heißt: Sie sind in der Garage geblieben? Wo ist Puffy genau ausgestiegen?"

Ängstlich drückt sich Pfunds an Karlheinz. „Oben vor der Einfahrt. Ich hielt kurz und er ist raus. Er bat mich zu warten, und sagte: Es dauert nicht lange."

Karlheinz setzt mit ruhiger sanfter Stimme fort. „Wieso sagtest du, dass er ins erzbischöfliche Palais wollte?"

„Ich hatte diesen Auftrag. Ich soll ihn zum Bischof bringen."

„Zum Erzbischof?"

„Nein, irgendeinen Bischof. Ein Weihbischof glaub ich."

„Wer gab dir den Auftrag?"

„Professor Berner."

„Der Arzt in München? Was hat der damit zu tun?"

„Der hat doch ein Verhältnis mit Heinrich Ferenz. Heinrich weiß, was im Brevier steht und wie die Angaben zu verstehen sind."

„Heinrich? Einer der Transvestiten?"

„Ja er und sein Bruder sind auch hier. Bertram die Kanaille ist die linke Hand des Bischofs. So heißt es jedenfalls."

Max beherrscht sich diesmal und fragt ruhig. „Was steht in dem Brevier?"

„Es ist das Konto der Zahlungen."

„Was für Zahlungen?" Max ist kurz vorm zerspringen. Dem Kerl muss man alles einzeln aus der Nase ziehen.

„Alimente, Entschädigungen, Bestechungen und was noch nötig ist, um die sexuellen Verfehlungen zu vertuschen."

„Sexuelle Verfehlungen? Die der Priester?" Karlheinz hörte davon. Es wird viel gemunkelt. Was ist daran wahr?

„Wie kommt ein Transvestit an dieses Material? Wieso heißen die Aufzeichnungen Brevier?", staunt Max.

„Bertram besorgte einige Buben und deshalb vertraut ihm der Bischof. Puffy hatte Bertram das Buch gestohlen."

„Puffy hat also erpresst. Wie viel Geld wollte er?"

„Puffy wollte kein Geld. Er wollte nur für seine Geschlechtsangleichung den Segen der Kirche."

„Wieß Was wollte er bitte?" Max reißt es hoch, da tut sich für ihn ein unverständlicher Abgrund auf.

„Ja den Segen der katholischen Kirche. Puffys Vater ist sehr religiös und hat ihn wegen seiner sündigen Homosexualität rausgeschmissen. Puffy glaubte: Wenn von der Kirche seine Geschlechtsangleichung gesegnet wird besänftigt das seinen Vater."

Karlheinz kommt aufs eigentliche Thema zurück. „Da kam der Mann in der Kutte. Was hast du gemacht?"

Pfunds schaut erstaunt. „Ich bin heimgefahren. Geschlafen habe ich alleine."

Max wendet ein. „Wo wohnen Sie? Hier auf der Baumgartner Höhe? Puffy wurde in der Nähe gefunden."

„Ich wohne in Purkersdorf an Wiens Stadtgrenze. Am Steinhof arbeite ich und bin erst am Montag um acht Uhr ins Krankenhaus gefahren."

„Kannst du dir erklären, wie Puffy in den Park kam? Warum wurde seine Leiche dort abgelegt?" Karlheinz vermutet dass der Mord woanders geschah.

Pfunds schüttelt den Kopf. Max steht auf, mehr kann man im Moment nicht erfahren.

„Das hätten Sie gestern schon unserem Chef erzählen müssen. Auf Wiedersehen, wir kommen wieder", droht ihm Max zum Abschied.

„Die Damen suche ich nochmals auf. Kommst du mit?"

„Warum nicht. Du beschützt mich doch hoffentlich vor den Übergriffen der Damen."

„Natürlich werde ich verhindern, dass du dir einen Burschen greifst." Karlheinz ist gespannt wie Max im Wellnessklub reagiert und vor allem, wie Gustav ihren Besuch empfindet.

Sie steigen aus. Horst, der den ihm fremden Mann neben Karlheinz sieht, greift sofort zum Handy. Als sie das Foyer betreten ist Gustav bereits in seinem diesmal sittsam hochgeschlossenen Overall zur Stelle.

„Hallo Karlheinz. Bist du mit einem Kollegen hier?"

„Ja mit Hauptmann Schubert. Wir müssen die drei Grazien interviven."

„Kommt weiter ins Besprechungszimmer, da habt ihr Ruhe. Soll ich die Girls einzeln, oder alle auf einmal rufen?"

Max, der Gustav nur freundlich zunickte, schaut sich interessiert in der Halle um. „Schaut ja sehr gemütlich aus. Wie in einem normalen Hotel."

Da trifft er Gustavs Nerv an empfindlichster Stelle. „Wir sind ein normales Hotel", faucht er. „Alle Bereiche wie Restaurant, Hotel und Wellness sind getrennt. Es wird nur toleriert, wenn sich die Gäste mit ihren Kleidern nicht ganz an die Trennung halten."

Karlheinz schluckt, auch er ging einmal, nur mit dem Handtuch um die Hüfte, ins Restaurant.

Max seltsam sanft bittet, „schicken Sie uns die Herrschaften einzeln, sagen wir alle zehn Minuten."

„Mache ich. Mineralwasser, Obstsaft oder Kaffee? Geht aufs Haus."

„Danke, Wasser genügt. Wir wollen Ihnen keine Umstände machen", lächelt Max zurück.

Gustav hebt seinen Kopf hoch, reckt das Kinn vor und meint tadelnd, „Ihre Anwesenheit ist Umstand genug."

Gustav verschwindet. Der Raum hat ein großes breites Fenster in den Wald hinaus und ist mit einer bequemen Sitzgarnitur ausgestattet. Max bewundert die Gemälde an den Wänden und den in graublau gehaltenen Perserteppich.

„Das scheint ein elegantes Haus zu sein", flüstert er Karlheinz zu.

„Ja, er hat einen guten Bankier, der ihm Kredit gibt."

„Marcus? Den Bankier habe ich auch. Trotzdem fehlt es bei mir. Na lassen wir's."

Wenige Minuten nach Gustavs Abgang tritt Bertram Ferenz ins Besprechungszimmer. Bertram bleibt erwartungsvoll im Raum stehen.

„Setz dich bitte", fordert ihn Karlheinz auf. „Wir brauchen von dir eine umfassende Aussage. Ich nehme es fürs Protokoll auf. Du bist doch einverstanden?"

Bertram setzt sich. Er hat schon mit seinem Makeup für den Abend begonnen. „Und was wenn ich nicht einverstanden bin?"

„Dann nehmen wir Sie zur Befragung aufs Landeskriminalamt mit." Max stellt gleich klar: Er ist nicht der Freund, mit dem man spielt.

„Oh", Bertram versteht es sofort.

Da tritt der Ober ein und serviert gleich mehrere Wasserflaschen und die Gläser dazu. Als er wieder weg ist beginnt Max. „Erzählen Sie uns vom weißen Brevier." Max stößt gleich in Bertrams Weichteil.

Er hat Erfolg. Bertram bekommt einen roten Kopf. „Habt ihr das Brevier gefunden? Hat es das Biest doch gehabt?"

„Ja jetzt haben wir es. Worum geht's in dem Buch?"

„Es sind persönliche kircheninterne Aufzeichnungen. Nichts ungesetzliches, lediglich Kompromittierendes. Ihr müsst es mir zurückgeben."

„Was die ledigen Kinder betrifft geht es uns nichts an, sofern sie ordentlich versorgt werden. Aber was ist mit den vielen Übergriffen auf Minderjährige?"

Bertram lacht, „darüber steht nichts im Brevier. Es geht nur um die Kinder, die unter einem anderen Titel ihre Alimente bekommen. Die Väter sollen anonym bleiben."

„Brisant genug um Puffy zum Erzbischof zu zitieren?"

„Nein, wo denken Sie hin? Der Wiener Erzbischof weiß es wahrscheinlich kaum, vor allem weiß er nicht wie abgerechnet wird. Nein für diese Finanzen ist ein Monsignore zuständig."

„Ein Ehrentitel", wirft Karlheinz ein. „Der Träger muss doch bereits über fünfundsechzig sein?"

„Das gilt jetzt. Mein Freund ist…, er hat den Titel bereits seit zehn Jahren. Was das Brevier betrifft, so ist das kein Grund um zu morden. Die Sexskandale der Kirche sind bereits so zahlreich, dass sie keiner mehr hören will. Noch dazu bei einer so harmlosen Sache. Wen interessiert es denn noch, ob ein Priester Kinder hat?"

Max wird wild. „Verharmlosen Sie die Angelegenheit nicht. Es ist wichtig genug, um mit ihm zu sprechen. Also wann haben Sie das Buch vermisst? Wer hat diesen Monsignore darüber informiert? Ich will endlich alles, wirklich alles von Ihnen erfahren!", brüllt Max zum Schluss.

Diesmal beeindruckt er Bertram in keiner Weise. „Gibt es eine Veranlassung mich festzunehmen? Wenn nein, dann setze ich Sie in Kenntnis, dass ich am Sonntag abreise. Ist das der Ton, den Sie bevorzugen!" Auch Bertram wird zum Schluss laut.

Karlheinz schnauft schockiert. So bekommt er nichts aus der Gruppe heraus.

„Beruhigt euch bitte. Du willst doch sicher das Buch zurück?", wendet sich Karlheinz an Bertram. Als Bertram nickt, „also sag uns bitte worum es wirklich geht und wir sparen uns eine womöglich Monate dauernde Dechiffrierung."

Bertram ist etwas zerknirscht. „Ich brauche es. Es werden einige Überweisungen händisch gemacht und ich habe alle Daten im Brevier."

„Gut, ich entschuldige mich. Das weiße Brevier scheint mir der Schlüssel zum Mord." Max versucht ruhig zu bleiben.

„Belassen wir's vorläufig. Sag deinem Bruder, er soll jetzt reinkommen", verabschiedet Karlheinz Bertram.

Bertram schaut zuerst erstaunt, erinnert sich aber, dass Karlheinz Kopien der Pässe mitnahm. Dass es da Karlheinz nicht auffiel und erst Pfunds die Polizisten darauf hingewiesen hatte, weiß er nicht.

Heinrich kommt sonnig strahlend herein. „Was ist mit Roberto? Hat er das Geld?"

„Das frage ich ihn noch", schmunzelt Karlheinz. Heinrich hat sichtlich ein Interesse daran Roberto anzuschwärzen.

„Was wollt ihr von mir?"

„Dein Alibi. Du warst in der Nacht nicht im Zimmer. Roberto war es vielleicht und von Bertram haben wir auch nur seine Behauptung das er schlief."

„Horst hat mich vor Mitternacht zum Bahnhof mitgenommen. Da bin ich mit der Schnellbahn in die Stadt hinein. Ich habe mich noch etwas amüsiert."
„Warum nicht hier? Da gibt es doch genug Gelegenheiten."
Karlheinz vermutet ein Märchen.
„Du irrst. Dort wo wir auftreten, halten wir uns zurück. Es ist mir einmal passiert, da hat ein Trottel aus dem Publikum raus geschrien: Die Kleine links hab ich letzte Nacht gefickt. Das reichte mir."
„Schön und wo warst du?"
„Im Kaiserbründl. Diese Sauna muss man gesehen haben. Otto war, als er hörte, dass ich in der Hinterbrühl bin, besonders nett."
„Dann kann er es bestätigen. Von wann bis wann, warst du im Kaiserbründl?"
„Es war circa elf bis um sechs, dann bin ich mit der ersten Schnellbahn nach Mödling raus. Horst kann's bestätigen. Er hat mich wieder vom Bahnhof abgeholt."
„Das Bad war solange offen?", staunt Max, der die Geschichte bezweifelt.
„Im Bad machten sie um zwei in der Früh Schluss. Wir waren noch vier Gäste, die weiter machten."
„Saunieren?" Max kann's nicht glauben.
„Nein, Sauna Aufgüsse gab's schon nach Mitternacht keine mehr. Es gibt auch andere Vergnügungen." Heinrich schaut Max spöttisch an und denkt: Was für ein naiver konservativer Kerl.
Karlheinz kommt zum Kern. „Was sagt dir das Brevier?"
„Das weiße Brevier? Eine lustige Bezeichnung für Bertrams Aufzeichnungen. Bertram erledigt die kleinen, na sagen wir Ungereimtheiten für den süddeutschen Raum."
„Ach ja, wieso ist ein Monsignore in Wien zuständig?"
„Der Monsignore ist doch aus Bamberg. In Wien hatte er zu tun und er war es auch der uns Gustav vermittelt hatte."
„Hatte", faucht Max dazwischen. „Ist der Herr nicht mehr in Wien?"

„Das weiß ich nicht. Bertram hatte am Montag mit ihm ein Gespräch. Was hat das alles mit Puffy zu tun?"

Karlheinz, er fürchtet Max regt sich wieder auf, erklärt: „Puffy war in der Nacht beim Monsignore. Und was dort geschah interessiert uns sehr."

Heinrich kichert, „das glaub ich euch nicht. Ich bin dem Herrn schon viel zu alt. Vor drei Jahren musste ich mich für ihn am Körper rasieren, um jünger auszusehen."

„Da warst du siebzehn?" Karlheinz gefällt der geschminkte Bursche weder jetzt, noch kann er sich den jüngeren Heinrich als begehrenswert vorstellen.

Max beendet das Gespräch. „Gut Karlheinz wird Ihr Alibi überprüfen. Für heute reicht es."

„Warte", Karlheinz ist nicht zufrieden. „Name und Adresse von Monsignore?"

„Das weiß ich nicht. Das musst du Bertram fragen."

„Komisch, dabei warst du bei ihm im Bett."

„Tschüss", Heinrich springt auf und rennt raus.

Max schaut kopfschüttelnd Karlheinz an. „Was ist mit diesem Otto im Kaiserbründl? Kennst du ihn?"

„Ja. Otto war früher der Freund und Partner von Gustav. Nachdem sie sich trennten, hat er die Sauna Kaiserbründl in der Wiener Innenstadt übernommen."

Roberto trägt ein enges kurzes Seidenkleid, grün mit gelben Rosen um den Ausschnitt. Ohne Gruß rauscht er herein und setzt sich unaufgefordert.

„Ist es notwendig, uns täglich zu belästigen?"

„Wir werden das solange tun bis Sie uns endlich alles und vor allem die Wahrheit, sagen", knurrt Max den überheblichen Mann, oder die Dame an.

„Pah, am Sonntag fahren wir ab, dann könnt ihr uns." Ganz Dame zieht er die linke Schulter nach vorn.

„Mein Freund Polizeikommissar Schulz setzt in München fort. Ich war bereits dort und habe mit Rüdiger gesprochen."

„Ach, Rüdiger? Na ja, dann hat er Ihnen sicher erklärt, was es mit Puffys Geld auf sich hat."

„Das wissen wir bereits", erklärt Karlheinz. „Puffy vertraute niemanden. Er bunkerte das Geld im Hohlraum seines Büstenhalters."

„Immer?" mit hochgehobenem Haupt blickt die Dame von Karlheinz zu Max und wieder zurück. „Puffy hat vor allem wenn er ins Ausland reiste, das Geld seinem Freund Rüdiger anvertraut."

„Dann hatte er kein Geld in Wien mit?", rutscht es Karlheinz heraus.

„Das nehme ich stark an."

„Machen wir's kurz. Geben Sie uns einen genauen Ablauf der Nacht von Sonntag auf Montag." Max will später im Büro die einzelnen Protokolle vergleichen, um Widersprüche heraus zu finden.

„Das habe ich doch Karlheinz schon erzählt. Nach dem Abendessen bin ich aufs Zimmer, habe Kleider aufgehängt, bin dann an die Bar, habe etwas getrunken, danach ging ich ins Bett und bin bis zum Frühstück drin geblieben."

„Ihr Sohn macht Ihnen Sorgen?"

„Ja er hatte einen Unfall verursacht. Ich muss die finanziellen Folgen tragen."

„Viel?"

„Es geht, um fast dreißigtausend. Mir wirft man Verletzung der Aufsichtspflicht vor. Mein Gott der Bub ist acht."

„Machen wir Schluss, es reicht für heute." Max ist nicht ganz zufrieden. „Karlheinz schaust du noch zu Bertram und fragst nach Monsignores Namen?"

„Klar."

Karlheinz zieht sich nur die Schuhe aus und geht bekleidet durch die Baderäume. Einige Männer zischen ihm vorwurfsvoll nach.

Er erwischt Bertram der gerade aus einer Dampfkammer kommt. „Bertram nur kurz. Wie heißt Monsignore und wo erwische ich ihn?"

„Gib doch endlich Ruhe. Monsignore hat nichts mit Puffys Tod zu tun."

„Verdammt den Namen, aber sofort!", brüllt Karlheinz. Er hat genug von den Münchnern.

„Gut, gut." Bertram gibt Karlheinz die gewünschten Daten, die dieser aufschreibt.

Im Büro verbringt Gerlinde den Tag alleine. Jürgen ist nicht gekommen und meldet sich auch nicht. Gerlindes Kommentar, „endlich kann ich in aller Ruhe alle offenen Fragen abklären."

Sie sucht in Pfunds Umfeld. „Aha, der Herr Doktor. Opus Dei, schlagende Verbindung, gerichtliche Verwarnung, das ist ja interessant."

Das weiße Buch fasziniert Gerlinde. Besonders die gestochen feine sorgfältige Schrift die so schön ist, dass Gerlinde zuerst dachte, es wäre ein Druck. Nachdem sie das Buch dreimal durchblätterte, geht sie es mit Hilfe eines Computerprogramms an. Zwei Stunden lang braucht sie um nur die Daten, Namen, Adressen und Zahlen einzugeben. Dann nachdem sie eine weitere Stunde herumgespielt hat, klärt sich's. Es gibt drei Gruppen. Die erste Gruppe sind Kinder die von einer Stiftung monatliche Zahlungen erhalten. Die zweite Gruppe sind junge Männer die monatlich eine Entschädigung von verschiedenen Klöstern bekommen. Die dritte und kleinste Gruppe bekommt öfter Honorare für Vermittlungen und Lieferungen für die bischöfliche Kanzlei in Bamberg.

Als Nächstes studiert sie Puffys Mails. Bei vielen handelt es sich nur um Kontakte mit Universitäten, die Umwandlung betreffend. Es gibt auch einen regen Mailverkehr mit einem Journalisten der Süddeutschen Zeitung.

„Oh, was weiß Puffy über Kindesmissbrauch? Er verspricht, in einem der Mails, Herrn Bastian Klaus detaillierte Fakten über priesterliche Verfehlungen."

Noch während sie die Mails liest, bekommt Gerlinde einen Anruf der Taxizentrale. „Die gesuchte Person stig um dreiundzwanzig Uhr fünfundzwanzig am Petersplatz in ein Taxi und um null Uhr null in der Johann Staud Straße 73 aus. Es wurde vom Fahrgast bar bezahlt."

Gerlinde lässt alle bisher involvierten Personen durch ihre Adressdatei laufen. „Gleich Visasvis in der Vogeltenngasse 19 wohnt doch Frau Professor Christine Horak. Hatte Puffy sie um Mitternacht besucht?"

Als die Kollegen kurz vor Dienstschluss kommen, um mit Gerlinde die Ermittlungsergebnisse abzugleichen, trifft auch Jürgen ein.

„Ich hoffe, ich bin euch nicht abgegangen. Der Fall schlägt andere Wellen. Ich wurde bis ins Innenministerium zitiert."

Zuerst berichtet die Gruppe. Danach erzählt Jürgen was er erlebte.

Gleich am Morgen wurde Jürgen, kaum dass er das Gebäude des Landeskriminalamtes betrat, vom Portier zum Brigadier Claudius Brenner gebeten.

„Jürgen, diese unappetitliche Sache mit dem Transvestiten, behandle es möglichst stillschweigend", verlangt Brigadier Claudius Brenner.

„Was ist unappetitlich? Dass es ein Transvestit ist, oder dass er erwürgt wurde?"

„Bitte Jürgen verschone mich mit diesen Spitzfindigkeiten. Die gestrige Pressekonferenz war schon peinlich genug."

„Hast du da geschwiegen? Wir machen unsere Arbeit immer stillschweigend."

„Bitte, bitte, der Polizeipräsident, der Ministerialrat und so weiter liegen mir schon genug in den Ohren." Claudius, der

Leiter des Landeskriminalamtes, macht auf Jürgen einen verzweifelten Eindruck.

„Ich verstehe nichts? Was ist an diesem Fall so besonders? Ein Fall in dem uns Karlheinz sicher viel weiter hilft."

„Kann er nicht veranlassen, dass die drei Freundinnen unseres Opfers möglichst gleich abreisen?"

Jürgen wird die Sache immer unverständlicher. „Warum? Die drei sind verdächtig. Einer von denen hat Geldprobleme und über zwanzigtausend Euro sind verschwunden."

„Wir könnten diesen Fall ja auch ans Bundeskriminalamt abgeben. Schließlich ist es eine landes-, ja staatsübergreifende Angelegenheit."

Jetzt verzweifelt Jürgen. „Bitte, bitte kläre mich auf. Du bist doch sonst kein Freund von Fallabgabe."

„Es hat sich irgendwer aus der erzbischöflichen Verwaltung ans Ministerium gewandt."

„Schön, dieser Irgendwer ist ein von mir gesuchter Zeuge. Hast du seinen Namen?"

„Wieso glaubst du das er ein Zeuge ist?"

„Woher weiß er von dem Opfer? Weshalb ist der Erzbischof an einem Transvestiten interssiert?"

Claudius seufzt auf. „Du hast es erfasst. Wir sollten am Ball bleiben. Am besten ich melde dich beim Ministerialrat an, damit du dich für deinen Übereifer entschuldigst."

„Wie bitte? Was soll ich?"

„Sei nicht so schwerfällig. Deine höfliche Entschuldigung ist der Vorwand um mit ihm zu sprechen. Dem Herrn kündige dann an, dass du gerne den Erzbischof beruhigen und über deine Ermittlung informieren willst."

„Du glaubst, er fällt darauf rein und nennt mir den Namen des Beschwerdeführers?"

„Davon bin ich felsenfest überzeugt. Diese Leute sind in der Regel so abgehoben, dass sie jede Unterwürfigkeit als selbstverständlich hinnehmen."

„Seit wann findest du mich unterwürfig?"

„Tu ich doch nicht. Ich halte dich für hinterhältig genug, um einen Unterwürfigen zu spielen."
Kopfschüttelnd verlässt Jürgen Brigatier Claudius Brenner.

Jürgens Gespräch beim Ministerialrat verläuft wie geplant.
„Herr Major, ich freue mich. Leute wie Sie sollten wir mehr haben."
„Wir sind in der Sache leider noch nicht weiter gekommen. Wenn ich meine Ermittlungen dem Erzbischof darlegen darf, dann beruhigt das sicher die Situation."
„Das ist eine wunderbare Idee. Wenden Sie sich an…, oh an…, Monsignore ist glaube ich zurück in Bamberg. Aber sein Sekretär Hochwürden Gruber weiß von der Sache. Geben Sie ihm Ihren Bericht."
„Danke Herr Ministerialrat."

Im erzbischöflichen Palais bei Hochwürden Gruber, einem hageren Priester in schwarzer Soutane mit roten Knöpfen, wird Jürgen misstrauisch empfangen.
„Sie wünschen Herr Major? Wir pflegen keinen Kontakt mit dem Landeskriminalamt. Alle unsere kriminellen Probleme sind österreichweit und werden mit dem Bundeskriminalamt abgewickelt."
„Es handelt sich um einen unwichtigen Fall auf den Steinhofgründen. Deshalb soll ich Sie über die bisherigen Ermittlungen informieren. Sie entscheiden dann, ob Sie weitere Berichte wünschen." Bin ich devot genug? fragt sich Jürgen.
„Der Fall, ich glaube ein Mord an einen Transvestiten ist für uns ohne Bedeutung."
„Das dachte ich auch, trotzdem hat der Herr Ministerialrat gebeten Ihnen zu berichten. Er meinte, da Monsignore bereits abreiste."
Da betritt ein schmaler Jüngling das barocke Schreibzimmer.
„Darf ich die Jause servieren?"
„Nicht jetzt, oder ja doch. Herr Major darf ich Sie zu einem Kaffee einladen?"

Jürgen ist von der Wendung überrascht. Als der Jüngling, vermutlich ein Novize, auf einem Teewagen, Kaffee mit dem Gebäck hereinrollt, versucht Jürgen es mit einem persönlich vertrauterem Gespräch.

„Ein gemütliches Büro. Schon um den Blick auf den Dom beneide ich Sie."

„Ja es ist ein sehr schönes Büro. Anfangs habe ich es auch genossen und so wie Sie, mich über die wunderbare Aussicht gefreut, aber jetzt bin ich zwölf Jahre hier und sehne mich nach einer ruhigen Pfarre draußen in einem überschaubaren Dorf mit netten Gläubigen."

„Das ist ein menschliches Problem. Wir sehnen uns nach was Bestimmten und wenn wir es haben, interessiert es uns nicht mehr."

„Sie sind ja ein Philosoph", lacht Hochwürden Gruber. „Von einem Polizeibeamten erwartet man sonst kalte Nüchternheit."

„Wenn ich alles kalt und nüchtern betrachte, gehe ich an den tatsächlichen Vorgängen vorbei. Die schlimmsten Gauner haben immer noch einen Rest von Gefühlen."

„So ist es. Christus lehrt uns: Wir sollen verstehen und nicht verurteilen."

„Ein Luxus den sich ein einfach Sterblicher, wie ich nicht erlauben darf, so gerne ich es auch möchte."

„Ich darf verstehen und muss nicht richten. Obwohl ich dem Sünder rate sich dem weltlichen Gericht zu stellen."

„Verstehen darf ich auch und tu es oft, viel zu oft, aber ich übergebe die Sünder dem Gericht."

„Wie ich schon erwähnte der arme Kerl, oder soll ich Frau sagen? Wie immer interessiert uns nicht, aber es heißt er soll ein Brevier gestohlen haben. Das will Monsignore zurück haben."

„Ein Brevier? Ein Buch? In seinen Sachen fanden wir nichts dergleichen. Sollte es noch auftauchen bekommen Sie es von mir zurück, das garantiere ich Ihnen."

„Das würde mich freuen. Das Brevier ist in weißen Leinen gebunden und mit einer Goldprägung versehen."

„Wahrscheinlich eine kostbare alte Ausgabe?"

Da lacht Hochwürden laut und Jürgen findet ihn bereits sympathisch. „Nein das Buch ist wertlos. Warum es das weiße Brevier genannt wird, ist mir unklar. Es sind intime Daten, die für unsere Buchhaltung im süddeutschen Raum wichtig sind."

„Süddeutscher Raum?" Jürgen ist Patriot. Österreich gehört wohl nicht dazu.

„Es ist nur eine kirchliche Organisationsform und beinhaltet auch die Schweiz. In Deutschland nur Baden Württemberg und Bayern."

Jürgen nickt beruhigt. „Warum befinden sich diese Daten nicht in der elektronischen Buchhaltung der einzelnen Diözesen?"

Hochwürden senkt grimmig schmunzelnd den Kopf. Sein Kinn presst sich dabei gegen den weißen Kragen. „Irgendwie sind sie das auch. Das Brevier erklärt nur, weshalb bestimmte regelmäßige Zahlungen zu leisten sind. Sie werden verstehen, ein paar unserer Priester straucheln manchmal leicht."

Jürgen schaut nun etwas vorwurfsvoll. Er ist entsetzt. Erklärt ihm Hochwürden Gruber gerade, wie die Kirche Verbrechen deckt? „Kindesmissbrauch?"

„Nein, natürlich nicht. Es geht um ledige Kinder."

Jürgen lacht befreit, „deshalb eine regelmäßige Zahlung, statt der offiziellen Alimente."

„So ist es. Sicher ist es peinlich, wenn plötzlich die Namen der Väter veröffentlicht werden, aber es ist keinen Mord wert. Das ist es doch, was Sie interessiert?"

„Ja, Sie haben Recht. Darf ich den Namen von Monsignore in Bamberg haben? Falls ihn meine deutschen Kollegen sprechen wollen."

Hochwürden schwenkt den ausgestreckten Zeigefinger hin und her. Schmunzelt und meint, „Sie sind ein Schlitzohr. Ich geben Ihnen den Namen, da ich darauf vertraue, dass Sie den Namen nur weiterverwenden, wenn es unbedingt dem Mordfall an diesen Transvestiten dient."

Jürgen schreibt den Namen auf, steht auf und verabschiedet sich.

„Ach noch eine Frage, ist Monsignore noch in der Nacht am Sonntag abgereist?"

„Nein erst am Montagmorgen. In seinem bischöflichen Dienstwagen."

Gerlinde erklärt Jürgen stolz: „Wir haben das Brevier. Ich habe bereits die Fakten in eine Datei eingegeben und glaube mir, da scheinen nicht nur Väter auf."

„Findest du dich mit den verschlüsselten Zahlen zurecht?" Jürgen möchte das Buch an Spezialisten übergeben.

„Da findest du dich auch schnell zurecht. Es ist kein komplizierter Code. Bei den Kindern, deren Mütter von deren Geburt an von der Sankt Anna Stiftung unterstützt werden, scheint mir der Grund klar."

„Wenn immer die Stiftung zahlt, warum extra das Buch?" Max glaubt nicht, dass das Geplapper von Hochwürden der Wahrheit entspricht.

Gerlinde setzt fort: „Das war nur ein Beispiel. Die vielen Zuwendungen haben verschiedene Quellen und werden auch unterschiedlich begründet. Was ich interessanter finde, sind die Zuwendungen, die vorwiegend männliche Gläubige, später weit nach ihrem achtzehnten Lebensjahr erhalten."

Jürgen blättert im Brevier und staunt: „Was für eine exzellente Schrift. Wer kann den sowas heute noch?"

„Die Schrift gefällt mir auch", bestätigt Gerlinde. „Dann gibt es noch Einmalzahlungen. Honorare für das Beschaffen von Reliquien zum Beispiel. Einige Zahlungen sind mit einer Kennzahl Männern zugeordnet die eine regelmäßige Rente, Unterstützung oder Sozialhilfe erhalten."

„Du meinst, da besorgt einer eine Reliquie, bekommt dafür ein Honorar und dann weiter eine Sozialhilfe?" Karlheinz schüttelt ungläubig den Kopf. „Das sollte ein Fachmann dechiffrieren, das sind doch nur Verschleierungen."

„Seid nicht so stur", schmollt Gerlinde. „Was die Spezialisten können schaffen wir auch. Nein, hier der Gerd Navratil bekam vor acht Jahren für eine Reliquie ein Honorar. Die Reliquie trägt die Nummer dreiundsiebzig. Der jetzt vierundzwanzig-jährige Martin Huber hat die Nummer dreiundsiebzig und bekommt seit drei Jahren ein Stipendium. Er studiert Chemie."

„Kann auch ein Zufall sein. Nummern werden in Folge ver-geben." Max zweifelt an Gerlindes Rückschlüsse.

„Gerd Navratil hat die Nummer elf und scheint öfter auf. Ich habe fünf weitere Unterstützungsbezieher gefunden."

„Ich finde es sehr interessant und wir sollten in diese Richtung weiter ermitteln. Auch wenn ich nicht glaube, dass es mit dem Mord zusammen hängt." Jürgen nickt Gerlinde bewundernd zu. Sie hat zweifelsohne mehr entdeckt, als Hochwürden ihm gegenüber zugab.

„Danke Jürgen."

„Gerlinde, bitte kopier die einzelnen Seiten und dann werde ich das Brevier, wie sie es nennen, an Monsignore persönlich übergeben. Ich halte meine Versprechen."

„Ich dachte, er ist in Bamberg?", wirft Max ein.

„Dann fahre ich eben nach Bamberg. Wenn's sein muss auch privat." Jürgen schmunzelt. Vielleicht ist es besser, wenn er nicht um eine Dienstreise ansucht.

Während sie in ihren Feierabend aufbrechen, erklärt Karlheinz noch: Ich kläre morgen, warum ein Transvestit wie Bertram, dieses Brevier hat. Ich finde, da gibt es keinen Zusammenhang mit der Kirche."

Am Abend tobt Marcus als ihm Karlheinz beichtet, dass er im Wellnessklub war.

„Bekommst du nicht genug? Was suchst du dort in dem Puff? Soviel ich hörte, hat der Arzt diese Puffy spazieren gefahren. Nimm dir den vor."

„Ich war mit Max im Wellness Klub", rechtfertigt sich Karl-heinz. „Die Kollegen Puffys sind meiner Meinung nach die Hauptverdächtigen."

„Max ging sicher nicht mit dir in die Sauna rein. Du Schuft musst nicht immer in die Hinterbrühl fahren, lade diese Schlampen doch vor."

„Das geschieht sowieso. Glaube mir, es ist diesmal eine verzwickte Angelegenheit."

„Deine Mörder sind immer eine verzwickte Angelegenheit. Papa will dir am Samstag einen Vorschlag machen."

„Was will Dominik schon wieder? Leutnant Loimer hat bereits ein neues Identifikationssystem für die Eingangshalle der Bank entwickelt. Erwin hat mich übrigens gebeten, ihn Jürgen zu empfehlen."

„Braucht Jürgen eine Zugangskontrolle?"

Leutnant Erwin Loimer hat mit Karlheinz für die Bankzentrale vor Monaten ein Kontrollsystem entwickelt.

„Nein, Erwin will auch Mörder jagen."

„Fein dann brauchst du es nicht mehr und kommst zu mir in die Bank."

„Ach Schatz, lass mir meine Freiheit", murmelt Karlheinz ergeben.

„Hm", murrt Marcus.

4 Donnerstag

Es findet das übliche morgendliche Treffen, der Abteilung Gewaltverbrechen, im mittleren großen Büro statt. Das kalte Nieseln, ein leichter Nachtregen, hat aufgehört. Die Sonne strahlt. Dementsprechend strahlend ist auch die Laune der Anwesenden.

„Ich will Polizeikommissar Schulz in Passau bitten, ob er nicht nochmals mit Rüdiger Schmalzer über das verschwundene Geld sprechen kann", beginnt Max.

„Was ist damit? Ach ja Roberto behauptete, dass Severin ohne Geld nach Wien kam." Jürgen überlegt. „Sprich telefonisch mit dem deutschen Kollegen. Ich könnte ja eine Dienstreise nach München beantragen und dann einen Abstecher nach Bamberg machen."

„Warum Bertram das Brevier hatte, soll er mir erklären. Das Ganze stinkt doch. Wieso fährt ein Psychiater, der behauptete Severin nicht zu kennen, diesen zu einem Bischof?" Karlheinz fürchtet dass sie mit den Ermittlungen in Richtung Kirche in eine Sackgasse laufen.

„Fahr in den Wellnessklub. Ich glaube auch, dass wir dort die Lösung finden." Jürgen fühlt sich auch immer mehr in die Widersprüche verstrickt. „Gerlinde such bitte möglichst in Wien und Umgebung ein paar der Unterstützungsempfänger raus. Ist Navratil ein Wiener? Dem Namen nach glaub ich´s, dann such ihn mit Max auf. Lasst euch einen Grund einfallen der nicht mit dem Brevier zusammenhängt."

Gerlinde jubelt auf, „ich habe, ich habe. Zwei der Männer bekommen ein Stipendium, zwei eine Invaliditätsablöse und einer eine Armenunterstützung. Bezahlt wird alles von einem Mödlinger Kloster."

„Fein das sind mit Navratil sechs Besuche. Sucht vorher raus, ob sie falsch geparkt haben, dann habt ihr euren Ermittlungs-grund." Jürgen lacht hämisch. Wie soll man die Befragungen tarnen, ohne dass Hochwürden Gruber davon erfährt?

„Wer kümmert sich um die Frau Professor? Ich bin sicher, dass Severin zu ihr ist." Gerlinde will viel lieber der Spur von Severins nächtlichem Weg nachgehen.

„Richtig das Taxi." Jürgen murrt, „noch eine Spur. Schade dass ich gestern nichts von dem, wie sagte Doktor Pfunds? Schwarzen Mann wusste, sonst hätte ich Gruber gefragt, ob er es war."

Karlheinz will bereits gehen, stellt aber vorher noch die Frage. „Severin war doch sicher bei Hochwürden Gruber. Hat er sich dazu geäußert?"

„Nein, blöd gelaufen. Ich kann ihn vorläufig nicht fragen. Deswegen will ich nach Bamberg. Monsignore soll mir die Antwort geben. Sicher hatte er mit Severin verhandelt."

Gerlinde hat eine Idee. Sie gibt Karlheinz die Liste der sechs Männer, die sie befragen soll. „Frag Marcus, ob er die Leute kennt."

Bei Marcus in der Bank ist es ruhig, fast Grabesstill. „Hallo Herr Direktor", grüßt Karlheinz seinen Freund. „Bereitet ihr euch auf eure Insolvenz vor?"

„Banken werden nicht insolvent. Wenn wir Gewinne machen, streifen wir die Boni ein und wenn's knapp wird, hilft uns Vater Staat. Was führt dich her? Ich habe die Mörder im Safe Raum eingesperrt."

„Schön, lass sie dort. Ihre Gebeine holen wir uns in einem Jahr. Inzwischen erzähl mir, was du über diese Leute weißt?"

Karlheinz legt Marcus Gerlindes Liste vor.

Marcus gibt die Namen in seine Datenbank ein. „Nichts das heißt, Hochwürden Friedrich Gruber hat bei mir ein Konto. Außerdem ist er verfügungsberechtigt über weitere Konten."

„Was für Konten?"

„Ein Kloster und eine Stiftung. Hast du etwas Zeit? Ich lass die anderen Namen durchlaufen." Marcus hat, obwohl nicht erlaubt, ein eigenes Suchprogramm entwickelt.

„Das ist interessant", staunt Marcus mit offenem Mund über den Bildschirm gebeugt. „Dieser Navratil hat mehrere Konten, doch ich bekomme keine Daten raus. Diese Sicherheitsstufe muss ich noch knacken. Frag inzwischen Papa. Wir sind am Samstag bei meinen Eltern zum Essen."

„Was findest du über die Anderen?"

„Martin Huber, Valentin Bürgstein und Werner Weber haben Konten. Allerdings nicht bei uns. Keine Kredite oder sonstige Verbindlichkeiten. Klaus Smirka ist hoch verschuldet, auch nicht bei mir. Er soll auch randalieren. Zwei Banken haben ihn schon rausgeschmissen. Udo Junker bezieht eine Frührente und eine Armenunterstützung von einem Kloster in der Nähe von Mödling. Er hat ein Safe bei mir im Haus und genügend Geld. Dabei ist dieser Frührentner siebenundzwanzig Jahre alt. Verstehst du das?"

„Kennst du ihn persönlich?"

„Vom Sehen. Klaus spricht öfter mit ihm."

„Herr Wiesinger? Der macht doch Kredite. Was hat Junker, wenn er so viel Geld hat, mit ihm zu tun?"

„Das interessiert mich jetzt auch", Marcus strahlt Karlheinz an. „Verhafte Klaus wegen Mord. Seit wir das alte Ekel los sind und er mein Stellvertreter wurde versucht er dem Alten in allem nachzufolgen." Marcus hatte sein alter Stellvertreter, da der sich als der Direktionsposten vergeben wurde übergangen fühlte, laufend Vorhaltungen gemacht.

„Dein Vater will, dass dir jemand auf die Finger schaut. Er hat Wiesinger sicher instruiert."

„Papa will, dass du mir auf die Finger schaust. Wann kommst du endlich zu mir in Bank und lässt das Mörderjagen sausen?"

„Ich erzähle nur kurz Gerlinde am Telefon, was du mir sagtest. Danach fahren wir in die Hinterbrühl. Du hast, wie ich sehe nichts zu tun."

Marcus spitzt die Lippen und säuselt, „dich zieht es in diesen Sündenpfuhl. Täglich suchst du die Transvestiten auf. Gefallen sie dir?"

Karlheinz bleibt ihm die Antwort schuldig und telefoniert mit Gerlinde. Die ist etwas enttäuscht. Sie hat sich mehr erhofft. Danach ruft Marcus Klaus zu sich.

„Klaus, die Polizei hat dich schon wieder im Visier. Gestehe endlich!"
„Karlheinz gestehe ich alles", lacht Klaus, der sich zu ihnen setzt.
„Es geht um Udo Junker, wie gut kennst du ihn?" Karlheinz wundert sich jedes Mal, wenn er mit Klaus zu tun hat, wie ähnlich der seinem ermordeten Vater sieht.
„Gut schon, aber nicht so gut. Ich habe einen festen Freund."
Karlheinz schmunzelt. Die Rechtfertigung war typisch schnell.
„Mich interessieren nicht deine privaten Vergnügen. Ich will über Junker mehr über seine beruflichen und finanziellen Grundlagen wissen."
„Nun er hat viel Geld, das hat dir Marcus sicher schon gesagt. Beruflich? Ich glaube, er tut nichts. Mir hat er einmal gesagt er wäre ein Zögling der Kirche. Einmal sah ich ihn zufällig mit einem Priester. Als ich ihn darauf ansprach, meinte er: Frisst dich der Neid? Der Alte versorgt mich."
Marcus nickt mit dem Kopf auf und ab. „Das erklärt, warum er mich immer so höhnisch ansieht. Einmal sagte er zu mir: Na Buberl."
Karlheinz überlegt, ob er Gerlinde nochmals anrufen soll, lässt es aber bleiben und meint zu Marcus, „komm lass uns raus fahren."

Max telefoniert mit Schulz und erklärt ihm auch Jürgens Wunsch, in Bamberg mit Monsignore zu sprechen.
„Ach der", lacht Schulz auf, als ihm Max den Namen durchgibt. „Den hat unserer Sitte bereits seit Jahren im Visier."
„Liegt etwas Konkretes gegen ihn vor?"
„Leider nein. Wir hatten drei oder vier Anzeigen, über ganz Bayern verstreut. Da ging es um missbrauchten Knaben, doch

als wir zu ermitteln begannen, wurde jede der Anzeigen zurückgezogen. Dabei fiel der Name des Monsignore."

„Wieso behandelt ihr das in Passau? Oder soll sich Jürgen an München wenden?"

„Nein, nein warte. Ich spreche mit unserer Polizeioberrätin und rufe dich zurück."

Jürgen faucht, als es ihm Max berichtet. „Wieso? Ich wollte bewusst nicht die Bayern einschalten."

„Beruhig dich, warten wir auf die Antwort. Du kannst jeder Zeit privat in die dortige Diözese gehen."

Jürgen grollt, überlegt es sich dann. „Du hast es eigentlich gut gemacht. Ich kann es als doppelten Vorwand benützen. Ich bin beruflich in Passau und bringe ihm das Brevier persönlich. Claudius will ja, dass ich unterwürfig und unauffällig bin."

Max schlägt sich lachend auf die Schenkel. „Von dir verlangt der Brigadier Unterwürfigkeit? Wenn dir das gelingt und es kommt raus, wirst du sofort am Burgtheater engagiert."

„Raus!", lacht Jürgen.

Max eilt in sein Büro, da er sein Telefon läuten hört. „Ja, Hauptmann Schubert."

„Detlev hier. Die Polizeioberrätin kann euren Major kaum erwarten. Ich habe einiges zusammengetragen, das gebe ich ihm, wenn er da ist, mit den nötigen Erklärungen."

„Interessantes dabei? Gib mir Stichworte."

„Ein Seidenschal hat bereits den Hals von vier weiteren toten Transvestiten geziert. Die beiden Brüder Ferenz sind in einem Klosterinternat aufgewachsen. Roberto Millwitz hat einige Vorstrafen. Der Fall Monsignore wurde uns in Passau zur Untersuchung übergeben. Man befürchtet dass die Bamberger Polizei befangen sein könnte. Genügt dir das? Wie gesagt die Unterlagen und Details bekommt Major Pospischil persönlich. Wann kommt er?"

„Er will morgen den Zug um sieben Uhr nehmen, da ist er bei euch um halb zehn. Holst du ihn vom Bahnhof ab?"

„Sicherlich. Ich werde ihn auch begleiten. Egal wie sehr der Kollege von der Sitte protestiert."

„Seid ihr so streng zueinander?"

„Und wie. Ihr nicht?"

„Grundsätzlich schon, nur bei Jürgen schweigen sie alle. Sogar unser Amtsleiter mischt sich bei ihm nicht mehr ein."

„Hoffentlich legt er sich nicht mit unserer Polizeioberrätin an, die hat, wie sagt ihr in Wien? Ach ja, Haare auf den Zähnen."

Max muss an Claudius Auftrag denken und lacht: „Da kann er Unterwürfigkeit üben."

Gerlinde macht sich mit Max auf. Sie suchen zuerst Professor Christine Horak im Allgemeinen Krankenhaus auf.

„Einen guten Tag Frau Professor. Ich bin heute mit meinem Kollegen Hauptmann Schubert hier. Wir haben noch ein paar Fragen zu Severin Dokubil."

„Habt ihr seinen Mörder noch nicht gefunden?"

„Bisher noch nicht. Wir gehen noch Dokubils nächtlicher Wanderung nach."

„War er denn so fleißig unterwegs?"

„Ja, so war er auch knapp vor Mitternacht vor Ihrer Wohnung. Was wollte er von Ihnen?"

„Vor meiner Wohnung? Wenn er das war, dann war er höflich genug, nicht bei mir zu läuten. Mitternacht? Ich hatte doch kein Verhältnis mit ihm."

„Woher kannte er Ihre Wohnadresse?"

„Ach das ist es. Er hat von mir sicher die Broschüre erhalten, da erkläre ich, dass ich für meine Patienten rund um die Uhr da bin. Darin steht auch meine private Adresse."

Max schwieg bisher, er hat das freundliche Gespräch Gerlinde überlassen. Nun faucht er los, „Severin ist extra mit dem Taxi zu Ihrer Wohnung gefahren. Wollen Sie mir weismachen das er dann Visasvis in den Park ist, ohne Sie zu sprechen?"

„Was meinen Sie?" Christine ist irritiert. Erst jetzt wird ihr bewusst, dass der Tatort nahe ihrer Wohnung ist.

„Ja, das meine ich", raunt drohend Max. Er beugt sich vor und verleiht seinem nicht ausgesprochenen Verdacht Nachdruck.

„Ich kann Ihnen nichts anderes sagen. Jedenfalls war er nicht in meiner Wohnung und ich sprach auch nicht mit ihm, in jener Nacht."

Gerlinde beendet das Gespräch. Sie findet, es kommt nichts weiter raus. „Danke Frau Professor. Wenn Ihnen doch etwas einfällt, Sie haben ja meine Karte."

Max knurrt, folgt aber Gerlinde hinaus.

„Als Nächstes suchen wir Udo Junker auf", erklärt Gerlinde Max. „Ein Frührentner, der einen Armenzuschuss von einem Kloster bekommt. Hat aber, wie Karlheinz sagte, genügend Geld."

Max ist verblüfft. „Da stimmt doch einiges nicht. Wie alt ist der Rentner?"

„Das glaubst du mir nie. Siebenundzwanzig."

„Er wird eine Invaliditätspension beziehen." Max stellt es richtig.

„Was es damit wirklich auf sich hat, bekomme ich von der Pensionsversicherungsanstalt. Ich kann's auch nicht fassen."

Sie finden Udo im Café am Schwarzenberg Platz. Vorher suchten sie ihn vergeblich in seiner nahe gelegenen Wohnung.

Max zeigt seinen Ausweis. „Dürfen wir uns setzen?"

„Polizei? Habe ich falsch geparkt? Ich fahre kein Auto."

„Nein es geht um den Einbruch in der Sonnenfelsgasse. Wir befragen alle Bewohner des Hauses." Max nimmt den Streit, der vor einem Monat in der Gemäldegalerie stattfand, als Vorwand.

„Ach das? Dass ist doch schon längst erledigt. Soviel ich weiß ging es um eine Expertise. Wieso Einbruch?"

Gerlinde mischt sich ein. Max ist gut, wenn es darum geht harte Fragen zu stellen, wenn es ums Lügen geht stellt er sich eher unbeholfen an. „Es gibt da widersprüchliche Aussagen. Dabei fiel auch ihr Name."

„Ich habe doch mit dem Trottel, der glaubt ein Kunstgutachter zu sein, nichts zu tun."

„Der Mann behauptete aber, dass Sie von einem Kloster Ihren Gehalt beziehen."

Udo lehnt sich zurück. Der Jungpensionär ist nicht dumm. Er schmunzelt. „Es geht um mein Geld. Sagen Sie es ruhig. Dafür hat sich nicht nur das Finanzamt, sondern auch ein Journalist interessiert. Warum jetzt die Polizei?"

„Sie beziehen eine Pension? So alt sind Sie noch nicht."

„Ja, so ist es. Ich war Angestellter im Kloster und wie sie es machten, weiß ich nicht: Plötzlich war ich ein Pensionist." Er strahlt Gerlinde höhnisch an. „Dieses Geheimnis interessiert viele."

„Wie lange waren Sie Angestellter im Kloster?"

„Sechs Jahre. Ich bekomme auch eine Zusatzrente von dort. Die eigentliche Pension beträgt nur ein paar Hunderter."

Max, nachdem der Schleier fiel, beginnt härter nachzustoßen. „Was haben Sie gelernt? Wie kamen Sie zu dieser Anstellung? Weshalb wurden Sie pensioniert?"

„Sie haben meinen Namen aus dem gestohlenen Brevier. Der Journalist stellte die gleichen Fragen. Vergessen Sie es. Ich gebe keine Auskünfte und die Anderen auf der Liste tun es ebenfalls nicht. Der Horvat, so glaube ich heißt der Journalist, hat auch nichts erfahren." Udo lacht die Polizisten hämisch aus.

Gerlinde gibt nicht auf sie bohrt nach: „In welchem Kloster waren Sie Zögling? Das können Sie ruhig sagen, denn das finde ich schon raus."

„Wie kommen Sie denn darauf, dass ich in einer Klosterschule aufwuchs?"

„Weil Herr Navratil, Sie waren damals sechzehn, ein Honorar bezog. Auf welcher Schule waren Sie vorher?"

Udo vergeht das Lachen. Finster fragt er: „Was? Wieso? Wie kommen Sie auf Gerd?"

Gerlinde schaut Udo lauernd an. Udo schweigt. Der Ober stört.

„Wünschen die Herrschaften noch etwas?"

Als sie sich zu Udo setzten, hat Max abgewinkt. Nun denkt der Ober sitzen sie lange genug um auch etwas zu bestellen. Max will wieder ablehnen. Gerlinde schaut in das grimmige Gesicht des Mannes und bestellt deshalb, „einen Cappuccino bitte."

Da bestellt auch Max.

Udo meint, „bring mir noch ein Nuss Beigel. Nehmen Sie auch eines dazu, die sind hier hervorragend."

Max ergänzt, „ja, ebenfalls ein Nuss Beigel." Zu Udo dann, „welches Käseblatt stochert den in diesen Missbrauchsfällen herum?"

Verging Udo bei der Erwähnung von Navratil das Lachen, so wird ihm als Max von Missbrauch redet sichtlich schlecht. Er beginnt zu zittern und stammelt: „Das sind nur lauter haltlose Beschuldigungen. Horaks Blatt hatte keine Ahnung und er spekulierte nur."

Gerlinde versucht es freundlich. „Das ist der Unterschied zu uns. Wir wissen wovon wir reden und wir sind auch nicht auf eine Schlagzeile aus, sondern suchen einen Mörder."

„Mörder? Wieso Mörder?" Udo wird bleich, ihm bricht der Schweiß aus.

„Der Dieb des Breviers wurde ermordet."

„Aber nicht deshalb. Nicht von uns. Monsignore erfüllt ihm doch seinen Wunsch."

„Die Segnung seiner Geschlechtsumwandlung?"

„Ja diese Segnung. Monsignore hat bereits mit dem Vater Severins gesprochen."

Max faucht dazwischen. „Wann? Am Dienstag als ich bei der Familie war schien es nicht so. Der Vater leugnet nach wie vor Severins Existenz."

„Wirklich? Angeblich sprachen sie am Montag darüber. Ich war nicht dabei."

Gerlinde wachelt mit ihren Händen. „Wer hat Ihnen davon erzählt? Kannten Sie Severin?"

Udo laufen die Tränen übers Gesicht. Max ist irritiert. Was geht vor?

„Das Gewünschte", meldet der Ober und serviert Kaffee und Gebäck.

Gerlinde legt ihre Hand Udo tröstend auf den Unterarm. „Wir behandeln alle unsere Informationen immer sehr diskret. Nur was an den Staatsanwalt gehen muss, geht manchmal an die Öffentlichkeit."

Max beißt sich auf die Zunge. Er presst die Lippen zusammen. Er will lospoltern sieht aber, dass Gerlindes Art jetzt zu mehr Erfolg führt.

„Sie wissen nicht, wie das ist. Wenn man von jemanden dem man vertraut verführt wird. Wenn es weiter geht und weiter geht. Wenn sie dich von Schwein zu Schwein weiterreichen. Ich habe ein Recht darauf, dass die Bagage heute zahlt und blutet!" Udo hat leise begonnen um am Schluss wütend zu schreien.

Einige Gäste drehen sich zu der Gruppe um. Der Ober steht bereits sprungbereit in der Nähe.

Gerlinde krallt ihre Hand die auf Udos Unterarm liegt in ihn hinein. „Ruhig, ruhig. Es geht die anderen Gäste im Lokal nichts an."

Udo schaut Gerlinde traurig in die Augen. „Ich darf nichts sagen, sonst verliere ich meine Rente. Den Anderen geht es genauso. Keiner darf und kann etwas erzählen."

„Doch, wir würden die Schuldigen vor Gericht bringen", bietet Gerlinde an.

„Tatsächlich?" Udo gewinnt seine höhnische Art zurück. „Ich müsste Beweisen das es so war. Das Geld bekomme ich nicht weiter und schließlich ist die ganze Sache vor zehn Jahren inzwischen verjährt. Verdammt lassen Sie uns in Ruhe!"

Max fragt ihn ganz leise entgegen seiner Art. „Kannten Sie Severin?"

„Nein nicht persönlich. Nur von Erzählungen über die Brüder Ferenz."

„Die bayrischen Brüder? Woher kennen Sie die?"

„Reden Sie doch mit Heinrich. Den benützen sie noch immer und seine sexuelle Volljährigkeit liegt erst vier Jahre zurück. Übrigens Bertram, der ältere der beiden Brüder, macht inzwischen mit. Das mit dem Brevier ist nur ein Vorwand für seine Aufwandsentschädigung."

„Gerd Navratil?", wirft Gerlinde ein.

„Wieso wissen Sie es nicht? Wurden seine Vorstrafen und Suspendierungen gelöscht?"

„Ich weiß nicht", Gerlinde hat etwas gelesen aber nicht tiefer gebohrt. „Er hat ein Gymnasium plötzlich verlassen und ist seither Privatlehrer."

„Ja und wo ist er das?", jetzt scheint es, als ob Udo Gerlinde überprüft.

„Das habe ich noch nicht herausgefunden."

„Dann findet es doch raus!" Udo wird immer unbeherrschter.

„Es ist alles dokumentiert, alles in irgendwelchen Protokollen festgehalten und was macht ihr?", drohend richtet sich Udo auf. „Bevor ihr eure Unterlagen zusammenfasst und durchlest, geht ihr lieber hin um Existenzen zu zerstören!"

Diesmal ist es dem Ober zu viel. Er tritt an den Tisch, „Ich bitte Sie sich zu mäßigen, oder unser Café zu verlassen."

„Das meine ich auch. Verschwinden Sie und lassen Sie mich meine Zeitung in Ruhe lesen."

Max murmelt zum Ober der am Tisch steht, „Zahlen."

„Das übernehme ich. Verschwinden Sie endlich!"

Max und Gerlinde stehen auf und verlassen nachdenklich das Café.

„Bevor wir die anderen Burschen befragen sollten wir uns Navratil vornehmen", Max ist in Kämpferlaune. Er will in das Wespennest mitten hinein stechen. „Rücksicht, brauchen wir keine mehr nehmen. Der Udo berichtet, da bin ich mir sicher, an Hochwürden was wir wissen."

„Ich fürchte Jürgen. Der reißt uns den Kopf ab."

„Jürgen muss seine Strategie ändern. Wenn er morgen nach Bamberg fährt."

„Gut auf zu Navratil."

Es stellt sich als schwierig heraus Navratil zu finden. Am Wohnort einem kleinen Häuschen in Stammersdorf ist er nicht. Die Nachbarn erklären, sie haben ihn schon seit Tagen nicht gesehen. Navratils Arbeitsplatz kennen sie nicht.

Gerlinde ruft Karlheinz an. „Hast du über Gerd Navratil etwas herausgefunden?"

„Ich bin mit Marcus gerade unterwegs. Ich fürchte, ich hatte ihn nicht auf der Liste, oder doch?" Karlheinz ist der Name entfallen.

„Du hast ihn sicher auf der Liste. Wo bist du unterwegs?" Gerlinde ist nervös.

„Ach ja, Marcus sagt mir gerade es gibt über den Herrn nichts. Er unterliegt einer besonderen Geheimhaltung."

„Was für ein Unsinn. Ein Schullehrer den sie vor Jahren rausschmissen. Was ist da Geheim?"

„Na wenn's nichts Geheimes gibt, hast du eh alles in deiner Datenbank. Tschüss." Auch Karlheinz ist ungehalten. Gerlinde braucht ihn nicht so anfahren.

Max, der das Gespräch mitbekommt grinst. „Ja das Ganze ist schon so zum wild werden."

„War ich etwas ungehalten?", Gerlinde schaut Max fragend an, als der nickt, „ich rufe Karlheinz nochmals an."

„Karlheinz entschuldige wegen vorhin. Ich will dir noch etwas über die Ferenz Brüder berichten." Gerlinde erzählt, was sie alles bei Udo erfuhr.

„Danke wir fahren gerade beim Klub vor."

„Verschieben wir Navratil, suchen wir Smirka auf." Gerlinde will den Invaliden, der ständig geldknapp ist, sprechen.

„Smirka zittert genauso um seine Rente wie die anderen. Ich verstehe Udo. Jetzt bekommt er Geld damit der Missbrauch an ihm nicht an die Öffentlichkeit kommt und es keinen Skandal gibt. Rechtlich ändert sich für ihn nichts. Nach dem Skandal hat er weder einen rechtlichen noch moralischen Anspruch auf irgendwas."

„Smirka ist sowieso pleite, der packt vielleicht aus."

„Kaum, wenn dann hat er es eher für Geld bei… bei Horvat dem Journalisten gemacht. Den sollten wir suchen."

„Das mach ich sobald ich im Büro bin. So viele Horvat wird's schon nicht geben."

Sie finden den invaliden Smirka beim Branntweiner am Eck des Gemeindebaus in dem er wohnt.

Max ruft ins Lokal „Herr Smirka!"

Ein 30-Jähriger, schmuddeliger Mann dreht sich an der Theke um und raunt, „ja was ist?"

„Polizei. Ich brauche von Ihnen ein paar Auskünfte."

„Zeugenaussagen? Ich habe nichts gesehen." Smirka dreht sich wieder seinem Glas zu.

Max und Gerlinde stellen sich, jeder an eine Seite, knapp zu ihm. Gerlinde raunt ihm ins Ohr, „es geht um ihre Jugenderlebnisse?"

„Glaubens ich kann mich noch daran erinnern?"

„Sie bekommen schon länger eine Invalidenpension. Was fehlt Ihnen?"

„Das wurde ärztlich schon vor über zehn Jahren festgestellt."

„Schön was stellten die Ärzte fest?"

„Was wollen Sie von mir? Eine Zeugenaussage?"

„Genau", rührt sich nun Max. „Vorher überprüfen wir, wie verlässlich ihre Aussage ist da es um Mord geht. Wir haben natürlich Einblick in den Pensionsakt. Aber erzählen Sie uns auch die Wahrheit?"

„Ich bin mit den Nerven herunter. Deshalb kann ich meinen Beruf als Goldschmied nicht mehr ausüben."

„Wieviel hat Ihnen Horvat geboten? Er wird der Erpressung beschuldigt."

„Horvat?" Den kenn ich nicht, liegt Smirka sichtlich auf der Zunge.

Max beugt sich zu ihm noch näher. „Ja Horvat, der Herr kennt Sie."

„Eine Bagatelle. Ich hab ihm gleich gesagt, er soll sich einen anderen Trottel suchen."

„In welche Klosterschule sind Sie gegangen?"
„Ich war nur in der Hauptschule. Weshalb?"
„Seltsam, Navratil war doch am Gymnasium."
Smirka schluckt und haucht: „Was wollen Sie von mir?"
„Den Mörder von Severin Dokubil." Gerlinde will zum Thema kommen. Das Herumgerede um alte verjährte Missbräuche bringt sie sichtlich nicht weiter. Alle gesammelten Fakten darüber sollte Jürgen an die Sitte abgeben.
Smirka atmet auf. „Da sind Sie bei Monsignore am Holzweg. Der hat sicher nichts damit zu tun."
Max staunt über diese sichere Aussage. Er nickt Gerlinde zu und sie ziehen ab.

Karlheinz ist mit Marcus in der Hinterbrühl eingetroffen. Wie so oft findet Karlheinz die düstere Zufahrt mit der riesigen Kastanienallee beklemmend.
„Es fällt mir schwer, diesen Klub als besonders reizvoll zu finden", murmelt er deshalb.
„Trotzdem zieht es dich immer wieder her", spöttelt Marcus.
„Weil ich hier immer wieder einen Mörder finde."
„Weil immer dort wo du bist, sich ein Mörder befindet", stellt Marcus richtig.
„Wir sollten uns aufteilen. Ich spreche mit Heinrich und du mit Bertram."
„Heinrich dem Jüngling? Kommt nicht in Frage. Wir machen es umgekehrt."
„Gut, ja. Erst zu Gustav."

„Hallo, fein dass ihr zu zweit hier seid. Karlheinz alleine macht mir Sorgen." Gustav steht in seinem Overall, diesmal ist der Zipp vorne wieder weit offen, so dass seine behaarte Brust bis unter dem Nabel sichtbar ist, mitten in der Empfangshalle.
Die Zwischentüren zur Promihalle nebenan sind weit geöffnet. Es herrscht im Haus wenig betrieb.

Karlheinz kichert höhnisch: „Trotzdem Gustav. Suchen wir einen Mörder, auch wenn Marcus dabei ist."
„Willst du wieder die Damen sprechen? Diesmal sind sie schon auf und genießen ein verspätetes Frühstück."
„Der Auftritt der Transvestiten gestern am Abend. War der ein Erfolg?"
Gustav schüttelt den Kopf. „Ja und nein. Zwar applaudierten die Zuschauer, doch sind keine zusätzlichen Gäste aus Wien gekommen. Für mich sind es eigentlich nur Kosten."
„Dann wirst du Bertrams Wunsch am Samstag aufzutreten nicht erfüllen?"
„Nicht einmal wenn er es umsonst macht. Justus meint, dass die Leute viel weniger konsumieren wenn sie der Darbietung lauschen."
„Ja das Geschäft geht vor. Zahl ihnen weniger. Es sind ja nur drei statt vier."
„Danke Karlheinz, das ist eine gute Idee. Außerdem haben sie mir die Polizei auf den Hals gehetzt."
Marcus reicht es. „He, ihr zwei Ignoranten. So etwas ist eine Abwechslung und es wird sich herumsprechen, dass es bei dir nicht nur um one night dates geht. Verständige die Ferenz Fräuleins und lass uns in dein Büro."
Gustav reißt belustigt die Augen auf. „Hoppla, du bist ja noch wilder als dein Polizist."
„Zeit ist Geld und Geld ist mein Metier. Nachher probieren wir draußen deinen Pool."
Gustav geht und holt die zwei Brüder her. Karlheinz geht mit Bertram in Gustavs Büro und Marcus mit Heinrich in eine Art Abstellkammer.

Bertram ist dementsprechend erbost. „Du schon wieder. Was willst du von uns? Puffys Mörder kommt aus Wien. Wir haben mit seinem Tod nichts zu tun."
„Ach Bertram, es gibt so viel Unklares in diesem Fall. Das Brevier zum Beispiel. Wieso führst du so ein brisantes Buch? Für wen tust du es? Wurde es dir wirklich gestohlen? Wieso

hast du es nicht aus dem Koffer genommen? Du wusstest doch von dem Versteck. Ich habe noch tausend Fragen an dich und du mauerst. Hast du Puffy umgebracht?"

Bertram schaut verstört. Er ist von den unfreundlich wie mit einem Maschinengewehr vorgebrachten Fragen irritiert. Das ist nicht der liebe verständnisvolle Mann, mit dem er bisher sprach.

„Ich habe Puffy nicht umgebracht", lispelt er leise. „Früher war ich der Geliebte. Da ich eine schöne Schrift habe, durfte ich viele zuerst harmlose Schriften fertigen. Als Heinrich dann meinen Platz übernahm, blieb ich als Sekretär."

„Geliebter? Sekretär? Namen und alles klar ausgedrückt", faucht Karlheinz.

„Monsignore. Er ist der Chef von einer Gruppe Päderasten. Er hat einige Helfer die ihm Knaben vermitteln, die sie natürlich auch untereinander austauschen. Wenn man dabei ist, kann man nicht anders."

„Das heißt, du machst dabei mit. Heinrich ist vierzehn Jahre jünger."

„Wir haben verschiedene Mütter. Ich habe ihn vor fünf Jahren meinem Chef vorgestellt. Heinrich wollte es. Es war keine Verführung." Bertram ist in sich gesunken und knetet seine Finger.

„Heinrich war damals fünfzehn und du behauptest, es ist keine Verführung?" Karlheinz beschließt bösartiger als Max zu sein. Den Schuft der seinen eigenen Bruder verkauft nimmt er, wenn's sein muss wegen irgendwas fest.

Wie ein Fisch am Trockenen schnappt Bertram nach Luft. Sein Mund geht auf und zu.

Er winselt los, „ich hab's doch auch ausgehalten und wir brauchten das Geld."

„Weiter, was ist mit dem Brevier?"

„Es wurde nicht gestohlen. Ich habe Puffy ein paar Kopien daraus gegeben. Mit denen ist er nach Wien. Ich dachte, er trifft dort nur Friedrich. Es lief irgendwie schief."

„Friedrich? Hochwürden Gruber? Wieso war das Buch im Koffer?"

„Als Puffy am Morgen nicht im Zimmer war, tat ich es hinein. Es darf doch niemand erfahren, dass er die Kopien von mir hatte."

„Was ist mit Puffys Geld? War das im Koffer?"

„Nein, nein, ich habe nichts heraus genommen."

„Hatte Puffy das Geld mit in Wien?"

„Eigentlich reist er nie mit dem Geld ins Ausland. Kann sein, dass er es für den Doktor mitbrachte."

„Doktor Pfunds?"

„Ich weiß nicht, wie er heißt. Puffy hatte bereits in München ein Verhältnis mit ihm."

„Wieso? Sein Freund ist doch in München."

„Ja, aber das ist scheinbar aus. Der Doktor hatte Puffy die Ehe versprochen, sobald er offiziell eine Frau ist."

Jetzt ist es Karlheinz, der nach Luft schnappt. Sein Mund geht auf und zu. „Das ist wirklich etwas Neues. Gut weiter, jetzt pack endlich alles aus!", brüllt Karlheinz.

Die Türe geht auf und Gustav steckt seinen Kopf durch. „Bitte schreit nicht so. Mir laufen doch die Gäste weg."

„Gäste sind sowieso keine da. Verschwinde!", schreit ihn Karlheinz an.

Gustav bekommt Stielaugen, folgt aber. Oh Gott denkt er, das wird diesmal ernst.

„Macht der Doktor auch die Geschlechtsangleichung? Wieso behauptet Rüdiger dass er der Freund Puffys ist? Wusste er es nicht?" Für Karlheinz ergeben sich aus der Erkenntnis viele neue Fragen.

„Das weiß ich doch nicht. Puffy hatte so viel Blödsinn erzählt und ständig änderte sich etwas."

Karlheinz schaut den in sich gesunkenen Bertram an. Wie ein Häufchen Elend, denkt er sich. Nein mit der Kirche hat es nichts zu tun. Der Mord geschah aus einem anderen Grund.

„Gut, hören wir uns an, was Heinrich erzählt."

Marcus plaudert mit Heinrich freundlich über klasse Kerle.
Marcus führt das Gespräch auf ihre frühen Erlebnisse.
Marcus erzählt: „Ich war siebzehn, da wollte ich einen Lehrer
haben. Der hatte mich aber freundlich zurückgewiesen und
gemeint ich sollte nicht alles ausprobieren. Mit achtzehn da
fand ich meinen ersten Kerl. Er war nichts Besonderes, aber
ich war von dem Sex sofort begeistert."
„Mir hat´s mein Bruder gezeigt. Ich hatte mich mit vierzehn zu
schminken begonnen. Den ersten Mann hatte ich mit fünfzehn.
Eigentlich fand ich es damals scheußlich. Bertram meinte
aber, wenn ich Kleider tragen will, dann muss ich das auch
tun."
„Ich habe einen festen Freund, den ich liebe. Schade nur, dass
er Polizist ist."
„Ich hatte einen Freund, der hat jetzt einen anderen Buben. Ich
bekomme dafür ein Stipendium. Eine Abfertigung", kichert
Heinrich.
„Und jetzt bist du solo?"
„Nein", strahlt Heinrich. „Jetzt habe ich seit einem Monat
einen richtigen Mann. Einen reifen Professor. Mit der Show
höre ich auf."
„Puffy hatte doch einen Haufen Geld in bar bei sich. Wo hatte
er es versteckt?"
Heinrich lacht, „im Busen. Er sagte, so wie es sich für eine
Dame gehört. Allerdings wenn's ins Ausland ging, gab er es
Rüdiger. Eigentlich munkelt man, dass es zwischen ihnen
nicht mehr so klappte."
„Bei Puffy wurde nichts gefunden. Wer wusste aller von dem
Geld?"
„Stell die Frage richtig. Wer wusste nicht von dem Geld? Ich
bin überzeugt, wenn er es mithatte, dass es ein Räuber war.
Was ich nicht verstehe, wieso ging er in einen dunklen Park?"
„Wie kommst du darauf, dass der Park dunkel ist?"
„Karlheinz sagte, dass der Park nachts geschlossen ist, also ist
er nicht beleuchtet. Oder ist das in Wien anders?"

„Wien ist anders, aber in dem Fall hast du recht. Was mir ebenfalls unklar ist, wie kam Puffy in den geschlossenen Park?"

Heinrich beugt sich belustigt vor. „Erwartest du die Antwort von mir?"

„Sicher, ihr Bayern seid uns doch überlegen und wisst auf alles eine Antwort."

„Das sind die Preußen. Beleidige mich nicht."

„Verzeih. Ich glaube, wir gehen besser schwimmen."

„Habt ihr Rüdiger schon gefragt, ob er das Geld hat?"

„Hm, ich weiß nicht. Das macht Major Pospischil. Der spricht morgen mit Rüdiger. Roberto, was ist das für ein Kerl?"

„Hm, eigenartig ist er schon. Elegant als Dame, aber sonst ein Rüpel. Bertram sagte mir, nimm dich von ihm in Acht der tickt nicht richtig."

„Was meinte er damit?"

„Keine Ahnung. Ich glaube, Roberto hat Vorstrafen. Ob er gesessen hat, weiß ich nicht."

„Na gut, gehen wir ins Wasser", wiederholt Marcus seinen Wunsch.

Karlheinz trifft eine Stunde später Marcus am Pool im Freien.

„Na hast du etwas Wesentliches erfahren?"

„Heinrich hatte bereits mit fünfzehn einen Herrn. Jetzt hat er einen Neuen."

„Du hast mit ihm nur über Sex gesprochen? Was ist mit dem Geld? Was weiß er über Severin?" Karlheinz faucht wütend. Er hat sich etwas mehr von Marcus Gespräch erwartet.

Marcus grinst, „du hast also auch nicht mehr rausbekommen?"

Sie genießen bis zum Abend die Wellnessangebote.

Als Marcus zu Justus Buffet um Brötchen kommt strahlt der, „endlich seid ihr privat hier. Hat Karlheinz seinen Mörder schon gefasst?"

„Sicher. Er verhört ihn in der Sauna damit der Gauner richtig ins Schwitzen kommt."

„Oh jeh, dann sucht er ihn noch immer bei uns", murrt Justus.

5 Freitag

Jürgen ist früh raus. Noch ist es angenehm frisch, doch die Sonne beginnt bereits die Luft aufzuheizen. Laut Wetterbericht wird es noch heißer als am Vortag. Er macht es sich im Zug bequem und studiert die Zeitungen. Der Mordfall vom Montag wird nirgends erwähnt. Wichtigere und vor allem spektakulärere, Themen machen die Schlagzeilen. Trotzdem findet Jürgen in einer regionalen Landzeitung auf der sechsten Seite einen Hinweis.

„Hat die Kirche etwas vertuscht?" Nach dieser Schlagzeile versucht der Journalist den Mord an Severin als vatikanischen Auftrag darzustellen. Der Artikel endet mit der Feststellung: „Severin Dokubil wusste, wer ihn schwul machte."

Pospischil grinst, diesen Artikel nehme ich Monsignore mit. Bin neugierig wie er darauf reagiert.

Am Bahnhof holt ihn Polizeikommissar Schulz ab. „Hatten Sie eine gemütliche Fahrt?"

„Danke Herr Schulz, ich konnte in Ruhe die Berichte meiner Mitarbeiter lesen und was mich wesentlich mehr amüsierte, die Zeitungen."

„Ja, die Probleme der Politik. Dagegen sind die Polizeiberichte eine langweilige Geschichte."

„Von Ihnen erwarte ich mir jetzt einige wichtige Berichte."

„Ich glaube, wir haben einiges für Sie. Greifen wir unserer Polizeioberrätin nicht vor."

Es ist eine kurze Fahrt, obwohl sie vom Bahnhofsvorplatz um den Bahnhof herum zu einem dahinter liegenden Gebäude müssen.

In der Polizeidirektion stellt sich Jürgen der zarten Dame im schwarzen Kostüm vor. „Polizeimajor Pospischil vom Wiener Landeskriminalamt."

„Freut mich. Ich habe einiges über Sie gelesen. Sie wollen uns einen Kirchenmann ans Messer liefern?"

„Ich fürchte, das gelingt mir genauso wenig wie Ihnen. Ich will den Mord an einen Transvestiten aufklären. Wenn dabei ein anderer Fisch im Netz zappelt, stört es mich nicht."
„Über diese Transvestiten, die in Wien auftreten haben wir einiges beisammen. Gehen wir in den Saal zum Meeting. Da berichten und erklären Ihnen die zuständigen Kollegen, was wir haben."
Jürgen geht hinter der Frau mit Schulz in einen Konferenzraum. Jürgen prallt zurück. Da sitzen 20 Leute, ein Drittel davon Frauen.
Die Polizeioberrätin nimmt Platz. An ihre eine Seite setzt sich Jürgen und Schulz an die andere.
„Kollegen, ihr habt gestern die Wiener Berichte bekommen. Es sind da einige Fragen aufgetaucht. Bitte beantwortet sie der Reihe nach. Herr Major Pospischil wird uns im Bamberger Fall unterstützen."
Pospischil bekommt eine Mappe mit nummerierten Berichten. Der und die jeweils Vortragende nennen die Berichtsnummer und erklären worum es geht. Jürgen ist vom professionellen Ablauf beeindruckt. Er merkt sich nur die ihm wichtig erscheinenden Berichte.
„Bericht siebzehn", beginnt ein reiferer Kollege. „Roberto Millwitz, Vater aus Thüringen, Mutter aus Apulien. Er ist Aufgewachsen in Regensburg. Vorstrafen, wegen Körperverletzung und wegen Erpressung. Die Jugendbande der er angehörte versuchte Schutzgelder zu kassieren und konnte gestoppt werden. Anklage wegen Mord und versuchtem Mord. Er wurde freigesprochen. Es konnte ihm kein Kontakt zu den Opfern nachgewiesen werden. Der Transvestit hatte einen Seidenschal um den Hals. Bei dem versuchten Mord ist der Schal zerrissen. In beiden Fällen ist es ein Designertuch von Amani"
Jürgen vergleicht die Tücher mit der Wiener Tatwaffe. „Das ist das gleiche Muster. Wie viele gibt es davon?"

Die Vortragende nickt ihm zu, „Ja, angeblich wurden nur ein dutzend Tücher mit diesem Muster hergestellt. Deshalb halte ich es für wichtig."

Eine junge, kaum dreißigjährige Frau setzt fort. „Bericht zwölf."

Jürgen blättert und schaut erstaunt auf. In Bayern und Baden Württemberg sind vier, aber auch aus der Schweiz zwei Fälle aufgelistet.

„Junge Transvestiten. Alle wurden mit einem Tuch von Amani ermordet."

„Gibt es außer diesem Tuch weitere Indizien, die auf einen Zusammenhang hinweisen?"

„Nur das alle Transvestiten waren. Wir vermuten eine Art Homophobie. Ich habe auch versucht, eine Verbindung zu Roberto Millwitz herzustellen, aber er war zu den jeweiligen Tatzeiten an einem anderen Ort. Bei zwei Fällen könnte ich noch das Alibi genauer überprüfen. Falls wir in diese Richtung weiter ermitteln."

Jürgen blickt in den Bericht. „Ich werde in Wien anrufen. Bezirksinspektor Wimmer soll Roberto darauf ansprechen. Wir werden sehen wie er reagiert."

Es werden Jürgen noch weitere Erkenntnisse mitgeteilt. Die Informationen, die Jürgen bereits kennt lassen wir aus.

„Bericht drei, Rüdiger Schmalzer. Treibt sich in der Leder-szene herum. Er gilt als brutal, zockt und ist oft geldknapp. Hat sich am Mittwoch toll eingekleidet und bar bezahlt."

„Ja, das kann passen. Severins Freunde behaupten, dass er das Geld nicht nach Wien mitnahm", antwortet Jürgen.

„Nun zu meinem Liebling", grimmig ergreift Frau Polizei-oberrätin das Wort. „Eins, vier und acht. Unser Monsignore in Bamberg. Den Vorwurf, für uneheliche Kinder der Priester zu sorgen gibt er zu. Das ist auch kein Verbrechen. Was wir jedoch vielfach vermuten, ist der Handel mit minderjährigen Buben. Es gab Anzeigen, die wurden leider jedes Mal wenn wir zu ermitteln begannen zurückgezogen." Sie wendet sich

Jürgen zu. „Ich hoffe, dass die drei Berichte Ihnen helfen um dem Herrn die richtigen Fragen zu stellen."

Es gibt ein Buffet, das das Mittagessen ersetzt. Jürgen kann noch mit den einzelnen Ermittlern über einzelne Protokolle sprechen.

Schulz zieht Jürgen zur Seite. „Wir müssen aufbrechen Herr Major."

Sie brauchen knapp drei Stunden, bis sie in Bamberg beim erzbischöflichen Ordinariat sind. Monsignore finden sie aber gegenüber am Katzenberg in einem alten Gebäude. Schulz parkt frech am Parkplatz des Hotels am Dom.

In dem kleinen Büroraum sitzen zwei junge Männer. Einer in einer schwarzen Soutane. „Sie wünschen?"

„Kriminalpolizei Passau. Monsignore kennt mich", Schulz ist nicht das erste Mal hier.

Der Bursche in Zivil wirft Jürgen einen prüfenden Blick zu und meint, „ich melde Sie an, Herr Polizeikommissar."

Nach über zehn Minuten kommt er zurück. „Monsignore hat nun Zeit. Bitte machen Sie es kurz."

Ein dicker mittelgroßer Mann mit Glatze um die Fünfzig steht auf, als sie in den altdeutsch eingerichteten Arbeitsraum treten. „Was werfen Sie mir diesmal vor? Herr Schulz." Der Hohn des selbstsicheren Mannes ist nicht zu überhören.

„Mein Kollege aus Wien hat an Sie Fragen bezüglich eines Mordfalls."

„Ach, Herr Major Pospischil, Richtig?"

„Ja, ich bringe Ihnen das Brevier. Es wurde im Koffer des Ermordeten gefunden." Jürgen hält das kleine Buch in der Hand und sieht auffällig zur Sitzgruppe.

Monsignore versteht den Wink. „Ja, meine Herren, nehmen Sie Platz. Haben Sie noch Fragen an mich?"

„Wenn ich darf?" Jürgen schaut zu Schulz.

Der nickt, „wenn Monsignore bereit ist."

Sie setzen sich und Jürgen überreicht das Brevier. Monsignore läutet mit einem kleinen silbernen Tischglöckchen. Jürgen muss über das stilvolle Verhalten schmunzeln. Der Kerl in der Soutane tritt ein.

„Bitte ein Erfrischungsgetränk für uns. Es ist schon wieder ein fürchterlich heißer Tag heute."

Der Kerl schaut Jürgen an. „Zitronenlimonade?"

„Ja danke." Jürgen registriert, dass Schulz von dem Kerl in Soutane offenbar nicht beachtet wird.

Freundlich wie Leute die sich nichts zu sagen haben nicken sie sich gegenseitig zu. Da kommt der Kerl mit einem großen Krug und drei Gläsern herein.

Erst nachdem der Bursche die Gläser gefüllt hat und gegangen ist. „Herzlichen Dank für das Brevier. Es handelt sich um wichtige Notizen unseres Schreibers. Bitte stellen Sie Ihre Fragen."

„Sie waren einer der Letzten, die Severin noch lebend sahen. Worum ging es?"

„Um dieses Buch. Er hat es meinem Vertrauten gestohlen. Ich versprach mit seinem Vater zu sprechen und er wollte es am folgenden Morgen zurückgeben. Sie sehen, es ist kein Mordmotiv." Monsignore lehnt sich zurück und nippt am Glas, als ob er Likör trinkt.

„Haben Sie mit Severins Vater gesprochen?"

„Das ist doch jetzt, wo Severin Tod ist, nicht mehr nötig."

„Sicher jetzt hat´s sich erledigt, doch das wussten Sie am Montag noch nicht, oder doch?"

„Ich konnte am Montag nicht mit Severins Vater in Passau sprechen."

„Passau lag am Weg. Sie fuhren mit dem Auto von Wien über Linz und Passau nach Bamberg. Das wäre es doch nur ein kurzer Aufenthalt gewesen und Sie wären die Sorge los."

„Sie wissen wie ich…" Monsignore schaut Jürgen befremdet an. Er beginnt zu ahnen, dass dieser Polizist aus Wien zu den Hartnäckigen gehört.

Jürgen, nimmt einen kräftigen Schluck und beugt sich weit zu Monsignore vor. „Sie hatten ja nicht die Absicht mit Herrn Dokubil zu sprechen."

„Es ist für mich auch nicht wichtig", meint Monsignore etwas nervös.

„Ach, ich habe Ihnen noch etwas mitgebracht. Eine Zeitung." Pospischil schiebt Monsignore die Zeitung mit dem Bericht Horvats über den Tisch.

Monsignore schaut darauf, wird ungehalten und etwas von seiner Selbstsicherheit vergeht. Er wendet sich an Schulz.

„Herr Polizeikommissar, haben Sie eine Frage? Ich gebe der österreichischen Polizei keine weiteren Auskünfte."

Wenn Jürgen Schulz für weich hielt, belehrt in der jetzt eines besseren. „Die Vorwürfe sind diesmal ernster. Dokubil wurde in Wien auf dieselbe Art getötet, wie schon früher in Bayern ein paar Transvestiten. Das Brevier scheint ein Motiv zu sein und die offizielle Einstellung der Kirche zur Homosexualität ist auch bekannt."

„Das, das hat doch mit mir und der Kirche nichts zu tun", braust Monsignore auf. „Es gibt keinen Zusammenhang mit diesen Mordfällen."

Schulz legt Monsignore ein Blatt Papier vor. „Das sind sechs Namen und Adressen. Vergleichen Sie selbst die Daten mit denen in Ihrem Brevier und geben Sie mir Bescheid, falls Ihnen etwas auffällt."

Monsignore schaut zu Jürgen und will etwas sagen. Jürgen hebt abwehrend seine Hände. „Wir haben uns nichts mehr zu sagen."

Schulz steht auf und Jürgen folgt ihm. Sie gehen und lassen den diesmal sehr verwirrten Kirchenmann sitzen.

Schulz rast nach München. Sie treffen Rüdiger, bei dem sie angemeldet wurden, in seinem Reihenhaus an.

„Herr Schmalzer sind Sie wieder einverstanden, dass Ihnen mein Kollege aus Wien die Fragen stellt?"

„Ja das ist doch egal. Fragen Sie."

„Es geht um Severins Geld. Verschiedene Zeugen behaupten, dass er sein Geld nicht mithatte. Er soll es bei Ihnen gelassen haben." Jürgen wartet gespannt.

Rüdiger senkt seinen Kopf. „Diesmal hatte er aber das Meiste mitgenommen. Er hatte einen Freund in Wien, dem wollte er es geben. Wahrscheinlich hat er es ihm auch gegeben."
„Kennen Sie diesen Freund?"
„Ja, er war mehrmals hier. Er ist schuld daran, dass Severin die Operation machen will. Ich habe seinen Männerkörper geliebt. Das Schwein meinte zu Severin -er sei eine wunderschöne Frau, die er glatt heiraten würde-. Das hatte Severin verrückt gemacht."
„Doktor Pfunds?"
„Das weiß ich nicht. Ich kenn ihn nur als Herbert."
„Wieviel hat Severin bei Ihnen gelassen?"
„Sechstausend. Hören Sie, das ist mein Geld. Ich kann's so kaum schaffen. Das halbe Haus gehört Severin und ich weiß nicht ob es ein Testament gibt. Sein Bruder war hier und will von mir Zehntausend zurück."
Schulz mischt sich höhnisch ein. „Aber für tolle Ledersachen hatten Sie genug Geld."
Rüdiger sinkt nach vor und birgt sein Gesicht in den Händen.
Jürgen will noch wissen, „wie viel hatte Severin mit?"
„Fünfzehntausend mehr nicht" murmelt Rüdiger.
Schulz schaut Jürgen an. „Ich bring Sie zum Bahnhof."
Jürgen nickt. Außer das er Unruhe erzeugte, ist ihm nichts Wesentliches gelungen.

Gelinde beschließt zu telefonieren. Sie ruft zuerst in der Hinterbrühl an und verlangt nach Bertram Ferenz.
„Herr Ferenz es geht um eine kleine Ergänzung im Protokoll, dass ich schreibe. Sie haben am Montag mit Monsignore, noch bevor er abreiste, gesprochen. Um wie viel Uhr war das?"
„Das…, das…, wieso ich habe doch nicht… Wer sind Sie? Wir haben Ihrem Kollegen alles gesagt."
„Nicht alles, das ist es eben. Ich habe des Bezirksinspektors Notizen vor mir und stelle fest, dass Sie täglich Weiteres wussten. Aber wissen Sie was? Kommen Sie doch mit Ihren

zwei Kollegen um vierzehn Uhr ins Landeskriminalamt. Jeder muss noch das Protokoll mit seinen Aussagen unterzeichnen. Und jetzt die Uhrzeit, damit ich es ins Protokoll schreiben kann."

„Ich weiß nicht, ob wir Zeit haben. Wir treten heute am Abend auf."

„Sie treten nachts auf. Wenn sie bis fünfzehn Uhr nicht hier sind, lass ich Sie von der Streife holen. Nochmals um wie viel Uhr waren Sie bei Monsignore?"

„Zehn Uhr."

„Sehen Sie, es tut nicht weh. Worüber sprachen Sie? Severin war doch schon Tod."

„Das wusste ich damals nicht. Monsignore fragte mich, woher Severin die Kopien hatte. Ich sagte ihm dass ich das Brevier vermisse."

„Gut, so schreibe ich das auf. Wenn's geht um zwei Uhr bitte zur Unterschrift bei mir. Ich warte bis spätestens drei Uhr."

Danach sucht Gerlinde die Telefonnummer vom Journalisten Horvat. „Guten Tag Herr Horvat. Inspektor Frauling, Landeskriminalamt. Ich habe Fragen zum Tod von Severin Dokubil."

„Ich gebe keine telefonischen Auskünfte. Über meine Quellen schon gar nicht."

„Das ist gut. Kommen Sie bitte um elf Uhr zu mir ins Landeskriminalamt. Betrachten Sie das als Vorladung."

„Aber ich habe keine Zeit. Ich bin viel beschäftigt."

„Sie arbeiten bei keiner Zeitung, zumindest nicht fix. Also entweder Sie kommen her ,oder ich lasse nach Ihnen fahnden."
Gerlinde legt einfach auf.

Als nächstes bittet Gerlinde einen Streifenpolizisten, den sie gut kennt, ihr vom Allgemeinen Krankenhaus eine Broschüre zu bringen. „Schau bitte wer von den dortigen Professoren sich mit Geschlechtsangleichung befasst. Bring mir alle Schriften darüber die du findest mit."

Schließlich ein Anruf bei der Süddeutschen Zeitung. „Herrn Redakteur Bastian Klaus bitte."

„Klaus, wer sind Sie?"

„Inspektor Frauling Kriminalpolizei Wien. Herr Dokubil hat Ihnen Informationen über die Kirche gegeben. Darf ich wissen welche?"

Ein kurzes Schweigen, dann, „seien Sie mir nicht böse, aber das geht nicht. Severins Angaben sind durch nichts bewiesen und ich verbrenn mir doch nicht die Finger."

„Das verstehe ich. Ich darf Sie auch nicht auffordern, es zu tun. Deshalb bitte ich Sie, das was Sie haben anonym, an die Posteinlaufstelle Wien Landeskriminalamt zu senden. Das Severin ermordet wurde, wissen Sie, oder?"

„Hm, ja warum nicht. Ich sende es Ihnen von einem Internetcafé."

„Danke Sie sind ein Schatz. Ich gebe dafür Severins Mails nicht den deutschen Kollegen."

Ein schallendes Gelächter. „Sie sind ein Schatz. Gottseidank bin ich nicht straffällig."

„Vielleicht interessiert es Sie, dass in Wien ein Jan Horvat ebenfalls von Severin Informationen erhielt."

„Horvat? Aha, das ist wirklich interessant. Ich danke Frau Kommissar."

„Wiederhören Herr Redakteur."

Eine halbe Stunde nachdem Gerlinde den Hörer aufgelegt hat, ruft die Einlaufstelle Gerlinde an. „Dreiundzwanzig Seiten Fax sind gerade an Kommissar Frauling hereingekommen. Gilt das dir?"

„Ja ich wollte es dir sagen. Das ging ja prompt."

Gerlinde holt sich die in einem Hefter gesammelten Blätter und liest sie flüchtig durch. „Oh, da steht ja viel mehr drin als im Brevier. Wenn Jürgen kommt, wird er sich freuen."

Pünktlich um Elf erscheint Jan Horvat. In Jeans und buntem Hemd, darüber ein königsblaues Jackett. In der Hand hält er eine Mappe. Sollte er kooperativ sein? Gerlinde bietet ihm einen Platz an.

„Kaffee oder Wasser?"

„Ein Glas Wasser. Ich schwitze."

„Ich auch, unsere Klimaanlage ist ein Hohn."

„Ich habe nachgedacht. Severin wurde doch ermordet? Ich hoffe, dass ich helfen kann."

„Wir gehen jeder Spur nach. Alles was Sie mir verraten ist vertraulich. Nur was mit dem Mord zusammen hängt, geht an den Staatsanwalt."

„Severin sagte mir dass er sich Sorgen macht. Er fürchtete sich vor einem seiner Kollegen. Welchen weiß ich nicht. Doch geht es nicht um die Kirche, darüber hatte er mir Material gegeben, leider nichts was hält."

„Worum dann? Er hat doch einem seiner Kollegen das Brevier gestohlen. Dass denke ich war sein Problem."

„Nein eben nicht. Es geht um Drogen. Eine Gruppe benützt die vier Schauspieler als Drogenkuriere. Einer von ihnen soll ein Berufskiller sein."

Gerlinde kichert, „ein Transvestit ist Berufskiller?"

„Ich nahm's auch nicht ernst. Erst Ihr Anruf hat mir die Augen geöffnet. Der Mörder ist Fachmann."

„Das ist für mich nicht überraschend. Ist diese Mappe für mich?" Gerlinde zeigt mit dem Finger auf die gelbe Mappe die Horvat wie einen Schatz an seine Brust drückt.

„Ja alles was ich habe. Muss ich etwas unterschreiben. Ich war besser nicht hier."

„Natürlich. Ich habe Sie nie gesprochen."

„Ach noch was. In einem kleinen Bezirksblatt habe ich die Sache betreffend Fragen gestellt. Es kam allerdings kein Echo."

„Scheinbar nicht gut geschrieben", schmunzelt Gerlinde.

Jan springt auf und ist schon weg.

Gerlinde blickt auch in Jans Mappe und jubelt auf. „Das wird ja immer besser. Monsignore betreibt viel mehr Geschäfte, nicht nur Kinderhandel."

Gerlindes Bekannter bringt ihr mehrere Broschüren. Alle über Geschlechtsanpassung. „Als ich das Zeug einsammelte, hat mich eine Frau spöttisch fixiert. Die dachte wahrscheinlich, ich lass mich operieren."
„Tut mir leid, wenn dein Ego litt."
„Hilft dir das. Das umfassendste Heft stammt von einer Frau Professor Horak. Sie berät und operiert auch privat auf der Baumgartner Höhe."
Gerlinde schnappt sich sofort was sie vordergründig wollte. Sosehr sie auch sucht. Es befindet sich keine Privatadresse oder Telefonnummer von Doktor Horak in der Broschüre.
„Sie lügt", stellt Gerlinde fest.
Horaks Privatordination ist dem Bild nach in einer der Wagner Pavillons auf der Baumgartner Höhe. Gerlinde kann nicht erkennen welcher der Pavillons es ist. Sie vermutet, dass es der Pavillion ist in dem auch Pfunds arbeitet.

Gerlinde isst zu Mittag in der Kantine. Danach empfängt sie die Münchner Damen. Sie schreibt eine Zusammenfassung aller Befragungen in einem Protokoll und lässt es die drei Männer unterschreiben.
„Das ist alles? Deswegen mussten wir her?" Bertram schnauft wie ein wilder Eber.
„Sicher. Viel lieber wäre es mir, wenn der Berufskiller der Drogenmafia gleich gesteht, dass er es ist." Gerlinde strahlt die Drei an.
Die Wirkung ist enorm.
„Mafia? Wenn Sie das bisschen Stoff meinen? Das ist doch nur Eigenbedarf." Bertram wird blass.

Heinrich lacht, „ich würde es mit Gift machen, aber nicht mit Halstüchern."

Roberto schüttelt missbilligend den Kopf. „Nur weil ich einen italienischen Vornamen habe, gehöre ich nicht zur Mafia."

„Gute Heimreise. Sie Fahren doch morgen, oder Sonntag?"

„Sonntag. Wir treten am Samstag auf." Bertram zerrt seine Kollegen mit hinaus.

Als die drei Transvestiten in die Hinterbrühl zurückkehren, erwartet sie Karlheinz. Er wurde von Jürgen informiert und lächelt Roberto freundlich an.

„Mit dir will ich nochmals plaudern."

„Ich habe gerade ein Protokoll unterschreiben. Verdammt was willst du nochmals von mir?"

„Wissen, was du gegen Transvestiten hast? Oder hast du nur etwas gegen schwule Transvestiten?"

Sie befinden sich noch in der Empfangshalle. Roberto taumelt ein paar Schritte zurück. Bertram und Heinrich schauen ihn neugierig an. „Ich bin Transvestit. Was meinst du?"

„Klar du erwürgst also nur die schwulen Transvestiten."

„Nein! Die bayrische Polizei lügt. Das sind Unterstellungen."

„Bertram schlief. Heinrich lag in einem anderen Bett. Wo warst du wirklich in der Tatnacht?"

„Hier! Du stellst blöde Fragen. Wie konnte ich den von hier ohne Auto weg?"

„Severin und Heinrich schafften es auch ohne Auto nach Wien. Severin wurde von seinem Freund abgeholt und Horst hat Heinrich zum Bahnhof gebracht. Wie hattest du es bewerkstelligt?"

„Gar nicht. Ich war die Nacht hier!" Roberto stampft wütend mit dem Fuß.

„War Monsignore an der Schule in Regensburg Professor?"

Roberto wird kreidebleich. „Nein, der war dort nicht. Eine andere Sau hatte Freunde von mir verführt."

„Dich nicht?"

Roberto schüttelt den Kopf. „Mich fand der alte Hund nicht schön genug. Ich soll mich in Anmut üben, schlug er vor."

Karlheinz muss erst nachdenken, dann ist ihm klar. Roberto ist nicht homosexuell, doch übt er sich sichtlich in weiblicher Anmut. „Was hat es mit den vielen Schlägereien auf sich? Dein Sündenregister hat es in sich."

„Da bin ich auch unschuldig. Ich wurde bedrängt und sollte mitmachen."

„Das verstehe ich nicht. Du wurdest verurteilt."

„Die Zeugen logen. Ich hatte keine Chance."

Bertram kreischt auf. „Du Sau bist ein Schläger?"

Karlheinz stellt sich zwischen die zwei. „Haben wegen der Schutzgelderpressung die Zeugen ebenfalls gelogen?"

„Das habe ich nicht getan. Einer meiner Schulfreunde war es. Wir sind nur mitgegangen, weil er uns einen Spaß versprach."

Heinrich steht bisher mit offenem Mund dabei. „Heute trete ich noch auf. Danach höre ich mit dieser blöden Maskerade auf und versuche mich als Mann." Für Heinrich ist es eine Gelegenheit seinem Bruder die Gefolgschaft aufzukündigen. Er will mit seinem neuen Freund in München leben.

Roberto, bleich und nervös, dreht sich um und verschwindet holpernd zur Stiege.

Karlheinz ist zufrieden. Jetzt werden sich die drei gegenseitig aufmischen.

6 Samstag

Gerlinde hat mit Roland, ihrem Freund, die Nacht verbracht. Als sie ihm glücklich strahlend das Frühstück, Buttersemmeln mit Marmelade und Kaffee ans Bett bringt, zieht der Nackte unter der Decke ein kleines Kästchen hervor, klappt es auf und hält den Ring Gerlinde hin. „Setzen wir den Termin fest?"

„Ist das ein Heiratsantrag?"

„Ja ich will", Roland zieht Gerlinde zu sich ins Bett.

„Vorsicht der Kaffee", warnt Gerlinde, doch der ist bereits verschüttet. „So einen Tollpatsch muss man ja heiraten."

„Ich will im Oktober eine große Hochzeit bei meiner Familie in der Steiermark."

„Normal ist das der Wunsch der Braut", lacht Gerlinde. „Ich bin damit einverstanden. Meine Familie muss halt anreisen. Reservierst du die Hotelzimmer."

„Das mache ich. Schreib bitte eine Liste, wer aller kommt. Auch deine Kollegen vergiss nicht einzuladen."

„Ich überlasse dir die Organisation."

Karlheinz ist mit Marcus unterwegs zu Kommerzialrat Kleins Villa. Das Gartentor kann Marcus mit der Fernbedienung aus dem Porsches öffnen.

„Wieso lässt du nicht die Fernbedienung des Audis ebenfalls programmieren?" Karlheinz, der lässig am Nebensitz hockt, sind gewisse Gepflogenheiten seines Freundes ein Rätsel.

„Damit Papa nicht erfährt, dass wir zwei Autos haben. Er wirft mir sonst vor, sein Geld zu verschleudern."

„Ein paar deiner Einkäufe waren nicht von unserem Geld. Ich weiß wie viel du hast."

„Fang du nicht auch damit an. Mama hat es mir gegeben."

„Gut, wenn du mich bei meiner Frage nach Navratil unterstützt, verrate ich Dominik nicht dass du an Verschwendungssucht leidest."

„Du übst dich in Erpressung? Komm endlich zu mir in die Bank, dann haben wir gemeinsam genug und brauchen nicht Papas Geld."

„Du wirst nie genug haben. Du kannst mit Geld überhaupt nicht umgehen. Ein Verschwender wie du dürfte nicht Bankdirektor werden."

„Wir sind da, steig aus."

Das Essen beginnt mit Small Talk, wie es bei Familien üblich ist. Dominik kennt seinen Schwiegersohn und hatte schon vor geraumer Zeit klargestellt, dass er am Tisch keine Fragen beantwortet. So dauert es auch, bis sie sich auf der Terrasse unter der Markise kühle Getränke gönnen.

Spöttisch meint Dominik, „dir brennt etwas auf der Zunge. Was ist es?"

„Es geht um einen Gerd Navratil. Wir finden nichts über ihn. Als ob es ihn nicht gibt."

„Marcus, bei wem hat er sein Konto?"

„Ich finde auch nichts über ihn."

„Oh, das ist wirklich interessant. Wenn ein Hacker, wie mein verdorbener Sohn nichts findet, dann gibt es bei dem Herrn einige Leichen im Keller. Eure Gerlinde findet auch nichts?"

„Nein auch sie wundert sich. Dabei ist Navratil von der Schule geflogen und es gibt Gerüchte über Anklagen."

Dominik lacht auf. „Na, Gott sei Dank leben wir in keinem Polizeistaat, wo man nur weil man von der Schule fliegt, ins Vorstrafenregister kommt."

„Er ist Lehrer", korrigiert Karlheinz.

„Hm, dann ja. War´s ein sexueller Übergriff?"

„Das will ich wissen."

„Ich höre mich um. Am Abend rufe ich dich an."

„Bleibt doch ruhig bis zum Abendessen. Wo wollt ihr bei der Hitze hin?" Henriette bringt gerade einen Krug mit eiskalten Orangensaft.

Sie bleiben und Dominik nützt die Gelegenheit um mit Karlheinz über seine Sicherheitswünsche zu sprechen. „Ich stelle mir eine größere Abteilung vor. Es geht mir nicht nur um die Sicherheit des Bankgebäudes, die von dir mit Erwin geplante Anlage ist spitze, sondern auch um personelle Überprüfungen und die Datensicherheit."

„Da kann ich dir nicht viel nützen", lächelt Karlheinz. „Ich bin auf simple detektivische Recherchen geschult."

„Du sollst auch nicht alles selbst machen. Dein Kollege dieser Techniker soll dich in seinem Bereich unterstützen. Damit wäre Marcus in der Datenverarbeitung auch besser eingesetzt als jetzt in der Filiale."

„Du willst Marcus, deinen Sohn, mir unterstellen?" Karlheinz schaut Dominik irritiert an.

„Ich glaube nicht dass Marcus damit ein Problem hätte."

„Er nicht, aber ich. Du glaubst es wahrscheinlich nicht, aber Marcus dominiert in unserer Partnerschaft", schmunzelt Karlheinz.

„Denk jedenfalls darüber nach. Ich brauche jemanden dem ich voll vertrauen kann. Der Vorfall vor einem halben Jahr kann sich jederzeit wiederholen." Damals versuchte eine Gruppe den Kommerzialrat zu erpressen. Da auch ein Mord geschah konnte Karlheinz mit seinen Kollegen Dominik schützen.

„Ich überlege es und werde es auch mit Marcus besprechen."

„Überlege nicht zu viel."

Im Laufe des Nachmittags gibt Dominik, er hatte telefoniert, Marcus einen Zettl. „Das prüfst du nicht über den Bankcomputer. Geht dazu in ein Internetcafé."

Nach dem Abendessen, es geht schon auf zehn Uhr, stürzen sie neugierig in eines der Cafés. Eine Gruppe Halbwüchsiger ist an den Geräten beschäftigt. Ein PC ist noch frei.

Marcus steigt ein und benützt den Code. Es dauert trotzdem bis sie die richtigen Informationen erhalten.

„Sollen wir es ausdrucken oder abschreiben?" Karlheinz ist in diesen Dingen noch unerfahren.

„Das drucke ich aus. Es schadet nicht, wenn der Gauner mitbekommt, dass man hinter ihm her ist." Marcus ist da anderer Ansicht.

Gerd Navratil ist bereits als junger Lehrer aufgefallen. Als sich mehrere Eltern beschwerten kündigte ihm die Schule. Er fing in einem Gymnasium an und wurde dort nach wenigen Jahren suspendiert. Seither hilft er an verschiedenen Klosterschulen aus und vertritt Urlauber, Karenzler oder kranke Professoren.

Gerds Gehalt, von der Diözese St. Pölten ist eher bescheiden. Auf sein Konto gehen unregelmäßig, öfter Zahlungen aus Deutschland ein.

Marcus und Karlheinz staunen am meisten über die Baupläne von Gerds Haus in Stammersdorf. Zwei Kellergeschoße, Pool im Haus und ein riesiger Wintergarten. Am Plan sind oben im Stock sechs Schlafzimmer, zwei zimmergroße Baderäume und ein über die ganze Front reichender Balkon mit einem Stiegenabgang in den Garten, eingezeichnet.

„Da ist Platz für fantastische Orgien." Marcus leckt sich die Lippen.

„Ich werde Gerd verhaften und lebenslänglich einbuchten, dann können wir das Haus übernehmen. Wofür aber die vielen Kellerräume sind steht nicht am Plan?"

„Nein, das geht doch die Baubehörde auch nichts an", kichert Marcus. „Dass Papa den Code für die Ambrosia Bank hat, ist ein Hammer. Ich muss den Code behalten."

„Dich interessiert wieder nur das Geld", schmollt Karlheinz.

„Ohne mein schmutziges Interesse fändest du keine Mörder", höhnt Marcus.

Sie drucken die Fakten aus und zahlen die PC-Benützung bar.

Max hilft seiner Frau Irene im Frauenhaus. Natürlich spricht er mit ihr auch über den laufenden Fall.

„Wenn ein Transvestit von seinem Partner geschlagen wird, darf der zu dir ins Frauenhaus kommen?"

Irene lacht, „solange er in seinem Pass männlich ist, natürlich nicht. Erst sobald es in weiblich geändert wird darf sie selbstverständlich herein."

„Der Ermordete wollte sich umoperieren lassen, um dann in den Papieren als Frau zu heiraten."

„Ich weiß nicht wie eine umgewandelte Frau aussieht, aber merkt das ein Mann nicht, wenn's ja doch keine Frau ist?"

„Ich weiß es auch nicht. Doktor Pfaunds jedenfalls wollte den Transvestiten heiraten."

„Wer? Doktor Pfaunds? Der Psychiater?"

„Ja, kennst du ihn? Ich befürchtete es schon länger, dass du Patientin eines Psychiaters bist."

„Gleich erlebst du was. Du wirst er erste Mann sein, der in einem Frauenhaus geschlagen wird. Der schöne Herbert war bereits zweimal verheiratet. Beide Gattinnen suchten Frauenhäuser auf. Seine zweite Frau war öfter bei mir."

„Weshalb? Ist er gewalttätig?"

„Allerdings. Hanna zeigte mir ihre Würgemale."

„Hanna? Ach seine Frau. Hat er sie gewürgt?"

„Ja und dabei bekam er seinen Orgasmus."

„Als ich bei der Sitte war mussten wir öfter einen Dominaklub aufsuchen und kontrollieren. Da übten sie unter anderen Sado Maso Spielen auch diese Strangulierungen. Soweit mir aber bekannt ist, verlangten das die Strangulierten."

„Herbert rechtfertigte sich auch damit. Er geht angeblich zu irgendwelchen Huren die es sich gefallen lassen."

„Hm, wie immer in unserem Fall hilft mir das nicht weiter."

„Wie kam der Transvestit um?"

„Er wurde erwürgt, aber nicht mit den Händen", lacht Max.

„Mann nimmt für das Spiel auch einen Seidenschal", korrigiert Irene.

„Was?", jetzt wird Max hellhörig. „Einen Seidenschal? Wie?"

„Der Schal wird dem Partner um den Hals gelegt und vorne mit einem einfachen Knoten zugezogen. Dabei schauen sich die Liebenden ins Gesicht. Und erregen sich bis zum Höhepunkt. Natürlich muss der Meister rechtzeitig abbrechen, sonst kommt's zum Unfall."

„Ich kenn nur die andere Variante. Man hängt sich mit einem Seil auf. Der Knoten ist so beschaffen, dass er sich nach kurzer Zeit löst. Wenn nicht dann gibt's den Unfall."

„Es gibt wahrscheinlich mehrere Möglichkeiten. Ich hoffe du beginnst nicht damit."

Max schüttelt lachend seinen Kopf. „Noch nicht, erst wenn ich deiner überdrüssig bin."

„Gut, jetzt weiß ich, woran ich bin."

„Und ich ahne, wer der Mörder ist. Nur wie beweise ich es ihm?"

„Übrigens, ich bin schwanger. Für ein Bild ist es noch zu früh."

Max werden die Knie weich. „Ja, wirklich? Was? Wann?"

„Ich sagte dir doch, um das Geschlecht festzustellen, ist es noch zu früh. In ein zwei Wochen erfahre ich mehr."

Max strahlt. Glücklich gluckst er, „fantastisch. Wir werden abwechselnd in Karenz gehen."

„Dafür ist es auch noch zu früh", lacht Irene.

7 Sonntag

„Heute lass uns richtig entspannen", fordert Marcus.

„Zieht es dich in den Wellness? Die Damen reisen heute ab."

„Endlich. Ich fürchtete schon, dass du mit einer der Damen mitgehst."

„Ich will ja, aber die Schneiderin hat mein Kleid noch nicht fertig."

Sie blödeln weiter und fahren, nachdem sie das Frühstück beenden, in die Hinterbrühl.

Horst empfängt sie mit großem Hallo. „Gestern, das war eine Wucht. Das Theres Zimmer war geborsten voll. Die Weiber hatten ihr Bestes gegeben. Gustav ist happy."

„Sind sie schon weg?" Marcus passt es nicht, falls sie da sind.

„Geh, wo, das Spektakel war erst um drei in der Früh aus. Die drei Damen sind noch nicht einmal beim Frühstück."

„Hast du Heinrich nochmals zum Bahnhof gebracht?" Karlheinz muss einfach weitere Fragen stellen.

Marcus zieht sein Schnoferl, wie immer, wenn er unzufrieden ist. „Vergiss deinen Mörder. Severin war mit einem Haufen Bargeld im Park und begegnete jemand, der jetzt das Geld hat."

„Heinrich ist mit dem Fleischer am Donnerstag nach Wien mit. Da brauchte er mich nicht. Der hat ihn auch am Freitag am Vormittag wieder hier abgesetzt."

„Da hatte Heinrich Glück und einen Liebhaber", lacht Marcus.

„Wo denkst du hin. Der Fleischer schaut bestenfalls zu. Er nimmt öfter Kerle im Auto mit."

Jetzt reißt es Karlheinz. „Öfter? Hat der Fleische am letzten Sonntag auch jemanden nach Wien gefahren?"

„Woher soll ich das wissen? Am Sonntag war er jedenfalls hier. Er ist jeden Sonntag hier."

„Den fang ich mir."

„Aber nein!", jault Marcus auf. „Ich wollte mit dir ein schönes Wochenende verbringen."

„Das tun wir auch. Ich stell ihm nur eine Frage."

Sie betreten das Haus, bekommen ihren Schlüssel und machen sich nackt auf in die Schwimmhalle.

Bald hat Karlheinz den Fleischer gefunden. „Hallo Stelze", ruft er ihm mit seinem Spitznamen. „Was treibst du mit den Kerlen, die du abends mit nach Wien nimmst."
„Viel Strafbares. Nimmst du mich jetzt fest und nach Wien mit?"
Karlheinz lacht, „nein, ich will nur schlüpfrige Details über deinen Begleiter vom vergangenen Sonntag wissen."
„Ach, die elegante Dame. Na das war ein zickiger Kerl. Erst wollte er zum Stephansdom, dann hinaus zum Weinbauern Hermann. Ich wunderte mich schon woher er den Heurigen kennt. Natürlich hatte der schon zu. Wir waren um Mitternacht dort. Da meinte er, ich soll vorgehen und im Hotel Gallizinberg ein Zimmer nehmen. Er käme gleich nach."
„Und kam er nach?" Karlheinz fiebert. Er hält die Dame für den Mörder.
„Ja nach Stunden. Ich war eingeschlafen, da weckte er mich auf."
„Dann hast du mit ihm?"
„Der dreckige Hund scheuchte mich aus dem Bett und meinte ich habe geschlafen und es versaut und deshalb will er zurück zu Gustav."
„Du hast ihn am Morgen wieder hierher gebracht. Wie viel Uhr?"
„Was weiß ich? Zwischen vier und sechs waren wir hier. Es war noch versperrt. Roberto hatte natürlich einen Hausschlüssel."
Karlheinz jubelt. „Roberto!" Er küsst den Fleischer und geht, um sich anzuziehen.
Er ruft das Stadtpolizeikommando Liesing an. „Ich brauche in der Hinterbrühl Unterstützung. Traut ihr euch?"
„Der Herr Wimmer? Wenn uns Major Pospischil deckt ist das kein Problem."

„Das tut der Herr Major sicher. Weil wir liefern ihm einen Mörder."

„Gut dann begehen wir versehentlich diese Eigenmächtigkeit." Nach dem Telefonat zieht sich Karlheinz an und sucht das Zimmer der Transvestiten auf.

„Guten Morgen", grüßt Karlheinz gut gelaunt.

„Raus wir wollen unsere Ruhe", brüllt Bertram.

„Sollt ihr haben. Ich will nur Roberto festnehmen."

„Was?" Roberto fährt aus seinem Bett hoch.

„Herr Roberto Millwitz ich nehme Sie wegen des dringenden Tatverdachts Severin Dokubil ermordet zu haben fest. Sie wissen Sie brauchen bis zum Eintreffen ihres Anwalts nichts zu sagen. Also ziehen Sie sich etwas an und gehen Sie mit mir vernünftig mit."

Roberto folgt verdattert. Heinrich trägt den Koffer, so gehen sie zu dritt raus auf den Parkplatz.

Karlheinz übergibt der wartenden Streife Roberto. „Bringt ihn nach Wien ins Landeskriminalamt."

Ein wütender Marcus steht am Eingang, als Karlheinz rein will. „Ich bleibe hier. Wenn du nach Wien willst, lass dich verhaften."

Karlheinz grinst. „Ich will nicht nach Wien. Lass mich rein, ich will mich wieder ausziehen."

Karlheinz ruft Jürgen an. „Ich habe soeben Roberto Millwitz festgenommen. Morgen bekommst du sein Geständnis."

„Interessant. Max weiß auch wer der Mörder ist und sucht noch nach einem Beweis. Er will Herbert Pfunds den Doktor festnehmen."

„Freu dich. Wir liefern dir jeder einen Mörder. Hat Gerlinde noch keinen?"

„Du bist widerlich. Schreib deinen Bericht und leg mir einen Beweis vor. Servus, bis morgen."

8 Montag

Jürgen ist bereits um sieben Uhr im Amt. Er vergewisserte sich, ob Roberto tatsächlich eingeliefert wurde. Nun sitzt er nervös an seinem Schreibtisch und murrt. „Den Bericht hätte mir Karlheinz per Mail auf den Bildschirm senden können." Gerlinde kommt um halb acht. „Hallo, wie geht's dir. Heute solls nicht so heiß werden."

„Hast du niemanden festgenommen?", knurrt Jürgen.

„Nein, sag mir wer der Täter ist und ich hole ihn dir." Gerlinde denkt nicht daran, ihre gute Laune zu opfern.

Da kommt Karlheinz. Durch die offene Tür brüllt Jürgen raus. „Wo ist der Bericht? Ich brauche einen stichhaltigen Beweis dass es Roberto war?"

„Hier." Karlheinz wedelt mit einem Blatt Papier. „Ich gebe es Gerlinde damit sie es in eine schöne Form schreibt."

„Du Sadist, du gibst mir sofort den Bericht!" Jürgen ist bereits aufgesprungen und steht neben Karlheinz.

„Roberto war in der Nacht in Wien. Er war in der Johann Staud Straße. Von dort ist er gegen vier Uhr in die Hinterbrühl zurück. Was er getan hat, will ich ihn jetzt fragen. Oder willst du?"

„Dass er in der Nacht Am Steinhof war, kannst du beweisen?"

„Ja, dafür gibt es einen Zeugen Der wartete dort im Hotel auf ihn."

Jürgen blüht auf. „Fantastisch. Das muss er uns erklären. Vor allem weil er bisher behauptete, er war die ganze Nacht im Wellness in der Hinterbrühl."

Da stürzt, es ist noch immer nicht acht Uhr, Max herein. „Den lieben Doktor sollten wir uns holen. Er liebt Würgespiele mit dem Seidenschal."

Jürgen stutzt. Er schaut sinnend in die Runde. „Weißt du was Max? Hole ihn auch her. Gerlinde kümmre dich um die Frau Professor. Ich vermute die lieben Leute waren alle in der Nacht des Mordes im Park Am Steinhof."

Karlheinz verständigt die Haftstelle und verlangt Roberto vorzuführen. Kaum legt er den Hörer auf, erscheint Claudius.
„Guten Morgen. Wer hat gestern die Einlieferung dieses Roberto Millwitz veranlasst?"
„Ich", meldet Karlheinz.
„Wusstest du davon?", wendet sich Claudius an Jürgen.
„Natürlich. Er ist wahrscheinlich unser Mörder. Er kommt gleich zum Verhör. Willst du dabei sein?"
„Du ruinierst mich wieder einmal. Die Liesinger nehmen in Niederösterreich einen Mann fest. Der kommt am Sonntag zu Mittag hier an und kein Mensch kümmert sich um ihn? Ich wurde am Nachmittag geholt weil sein Anwalt tobte!"
„Tatsächlich? Lebt der Anwalt noch?" Wenn Jürgen zufrieden ist, ist er doppelt zynisch.
Claudius schaut Jürgen grimmig an. „Quetscht den Burschen aus. Ich will in einer Stunde sein Geständnis." Damit dreht er sich um und verschwindet.
Der Nächste ist Staatsanwalt Moser. „Grüß dich Jürgen. Hast du die neuesten Protokolle für mich? Ist dieser Millwitz unser Transvestiten Mörder?"
„Zumindest muss er uns erklären, was er am Tatort zur Tatzeit machte."
„Schön. Verhört ihn. Ich schau zu."

Im Verhörraum sitzen Roberto mit seinem Anwalt Doktor Zangl Jürgen und Karlheinz gegenüber. Karlheinz stellt die Personalfragen und schaltet das Aufnahmegerät ein.
„Die Festnahme betreffend habe ich Beschwerde eingelegt", eröffnet Zangl das Gespräch.
„Das erwarte ich auch von Ihnen, schließlich fand die Festnahme plötzlich statt. Der Verdächtige wollte ja abreisen." Jürgen lächelt den Anwalt freundlich an.
„Er befand sich in Niederösterreich", setzt Zangl nach.
„Im Interesse des Verdächtigen holten wir ihn gleich nach Wien, sonst würde die Befragung erst morgen stattfinden. So

kann er, wenn er uns die Ungereimtheiten erklärt, vielleicht in einer Stunde gehen."

Zangl reckt sich erfreut hoch. „Aha, soso. Sie stehen mit Ihrer Anklage auf weichen Fuß?"

„Noch klage ich nicht an. Herr Staatsanwalt Moser wartet mit der Anklage auf das Ergebnis dieses Gesprächs."

„Das ist unerhört." Zangl ist über Jürgens Art verwirrt. Der Polizist nimmt fest und meint offen, dass er nichts in der Hand hat?

„Karlheinz stell deine Fragen?"

„Stelze, oder soll ich Fleischhauer sagen? Na wie immer, er hatte dich vor einer Woche in der Nacht von Sonntag auf Montag in Wien herumgefahren. Wo warst du?"

Roberto sieht man an, dass er die letzte Nacht unruhig verbrachte. Er trägt trotz der Wärme ein dunkelgrünes Wollkostüm. Nach der Kontrolle seines Koffers darf er sich daraus bedienen.

Roberto schluchzt los. „Ich wollte ihn nicht töten. Ich wollte nur, dass er mir das Geld borgt. Sein Doktor hält ihn sowieso nur zum Narren. Nie im Leben heiratet der Puffy. Das alles hatte ich ihm auch gesagt."

Zangl dreht sich entsetzt zu seinem Mandanten. „Aber Sie hatten mir eine andere Geschichte erzählt."

Jürgen lehnt sich zurück. „Ich betrachte es als Geständnis. Wollen Sie mit Ihrem Mandanten ein Gespräch führen?"

„Ja bitte. Der arme Kerl ist ja nicht bei Trost."

Jürgen kichert und verlässt mit Karlheinz den Raum.

Draußen meint er zu Moser. „Willst du weiter machen? Mich braucht ihr ja nicht mehr."

„Es genügt, wenn mich Herr Wimmer unterstützt. Was machst du?"

„Ich kümmre mich inzwischen um die anderen Lügner. Wie meinte Gerlinde einmal, es muss nicht immer Mord sein. Es gibt auch noch andere Vergehen in diesem Fall."

Moser geht mit Karlheinz, nachdem Zangl winkt, wieder in den Verhörraum.

„Herr Millwitz will ein Geständnis ablegen. Er wollte nicht töten. Es war eine fahrlässige Tötung."

„Aha, das klären wir dann vor Gericht." Moser will zuerst das Geständnis.

Roberto erzählt:

Severin hatte sich zuerst noch Geld von einem Priester geholt und wollte dann mit der Professorin in ihrer Privatklinik mit den Operationsvorbereitungen beginnen.

„Wirst sehen, am Montag komme ich bereits mit größeren Brüsten", erklärte uns Severin stolz.

Ich hatte ihn nach seinem Freund diesen Herbert gefragt. „Der bekommt auch fünftausend um die Hochzeit vorzubereiten. In einem Monat heiraten wir", strahlte Severin.

Natürlich hatte ich ihn gefragt, ob die Umwandlung so schnell geht. „Das ist nicht wichtig, Hauptsache wir beginnen. Für die Horak habe ich achttausend dabei. Mehr braucht sie nicht. Das regelt alles Herbert."

Ob und wie viel Herbert insgesamt bekommt, hab ich ihn noch gefragt. „Sobald er mir die amtliche Bestätigung über meine Namensänderung bringt, gebe ich ihm weitere zehntausend. Ach ich bin so glücklich."

„Hast du so viel dabei?", wollte ich noch wissen. Da jubelte er und sagte, das fehlende Geld hole ich mir vom Bischof."

Roberto schweigt. Moser schaut ihn wartend an. Als auch Karlheinz nichts sagt, setzt Roberto fort:

„Ich kniete vor ihm und meinte, wenn er mir das Geld einen Monat lang leiht, dann bekommt er es von mir mit Zinsen zurück. Er lachte mich aus. Deswegen lauerte ich ihm bei der Professorin auf.

„Woher wusstest du von seinem Treffen mit der Professorin?" Karlheinz fehlt etwas in der Erzählung.

„Das hat mir Severin selbst verraten. Er sollte bis Mitternacht bei der Wohnung der Professorin sein und sie geht mit ihm durch den Park zur Klinik."

Karlheinz nickt. Roberto setzt fort:
„Ich hatte mich gut vorbereitet. Das Tor beziehungsweise die Seitentür hatte nur ein einfaches Schloss. Für den Weg nahm ich die Taschenlampe aus Stelzes Wagen.
Vor Horaks Wohnung drohte Severin laut zu werden, als er mich sah. Ich log ihm vor, dass ich bereits mit der Professorin gesprochen habe und sie bereit wäre zwei Monate aufs Geld zu warten. Er glaubte mir nicht. Da zeigte ich ihm einen Schlüssel und dass mich die Professorin bat mit ihm in die Klinik nachzukommen. Da glaubte er es mir."
„Du bist mit Severin in den Park?"
„Wir gingen einfach in die Richtung der Kirche. Ich kenne die Klinik nicht. Wir plauderten und nachdem ich mich wunderte, was er an Herbert findet, erklärte er mir, welchen Spaß er an diesem Würgespiel hat. Ich habe sowas noch nie gemacht. Irgendwo im Park zeigte er mir den Seidenschal und ich zog den Schal zusammen. Plötzlich war Severin Tod."
„Eigentlich ein Unfall", meint Zangl stolz.
„Mit anschließendem Raub", ergänzt Karlheinz. „Das Geld nahmst du doch?"
Roberto nickt. Er erzählt weinend weiter und kann sich nicht beruhigen.
„Wo ist das Geld jetzt?"
„Das habe ich am Donnerstag bei einer Wiener Bank auf das Konto meines Gläubigers einbezahlt."
„Wo?"
„Am Schottentor, glaub ich."
Karlheinz zuckt zusammen, bei Marcos Bank.

Max bringt den ängstlichen Herbert Pfunds. Jürgen seufzt, als er zu ihm ins Büro kommt. „Sie haben uns eine Menge Lügen erzählt."

„Was…, was meinen Sie?"

„Sie lieben Würgespiele. Strangulieren mit einem Seidenschal. Geben Sie es zu. Es war ein Unfall."

„Nein ich habe Severin zuletzt am Stephansplatz gesehen. Glauben Sie mir, ich war danach zuhause."

„Sie haben die Professorin und Severin in der Klinik erwartet!", brüllt ihn Jürgen unvermutet an.

Da bricht Herbert zusammen. „Ja, aber sie sind beide nicht gekommen."

„Sie wollten Severin nur abzocken. Wofür sollten Sie Geld bekommen?"

„Ich wollte ihn wirklich heiraten. Mit zwei Frauen habe ich es versucht. Die waren zu dumm, um richtig mitzuspielen. Als ich in München Severin kennenlernte, wusste ich nicht, dass er ein Mann ist. Er spielte sowohl die Frau als auch das Würgespiel hervorragend."

„Aha, und als Sie begriffen, was er wirklich ist?"

„Da war es mir egal. Es ist ja nichts Körperliches. Es ist so erregend, wenn man ins andere verzerrte Gesicht blickt. Diese Todesangst."

„Weshalb nahmen Sie das Geld?" Jürgen lässt nicht locker. Die Liebesbeteuerungen soll sich der Doktor für sein nächstes Opfer aufheben.

„Damit sich nicht die Horak, dieses gierige Weib, alles unter den Nagel reißt. Ich wollte deshalb auch bei der Behandlung dabei sein."

„Warum hatte sich Severin für eine Wiener Privatklinik entschieden? Der Professor in München verlangt doch auch nicht mehr."

„Der ist ein Freund von Heinrich. Als das Severin erfuhr war er entsetzt und hatte mich gefragt, ob ich ihm einen anderen Arzt empfehlen kann."

„Ich habe die Finanzbehörde verständigt. Die nehmen heute eure Klinik auseinander. Sonst kann ich euch noch nichts nachweisen." Jürgen beendet das Verhör.

Gerlinde kommt mit einer erbosten Christine Horak. „Was wollen Sie von mir? Ich werde mich beschweren."
„Sie hatten mit Severin Dokubil einen Termin in oder vor Ihrer Wohnung. Warum haben Sie uns belogen?"
„Ich habe Severin in dieser Nacht nicht gesprochen!", brüllt Christine am Gang, dass der Mörtel bröselt.
„Ich weiß. Jetzt sollten Sie in Ihre Privatklinik fahren. Die Finanzbeamten haben sicher ein paar Fragen." Jürgen lässt die blass gewordene Frau einfach stehen.

9 Dienstag

Es wird aufgeräumt. Brigadier Brenner lässt die Unterlagen, die Kopien des Breviers, die Aussagen der jungen Männer und die Protokolle über die Klinik abholen.

Claudius begründet es: „Das geht alles an die zuständigen Abteilungen wie Sitte, Interne und Korruption. Ihr habt genug mit dem Totschlag in Margareten, der Rauferei am Praterstern und der erstochenen Frau in Heiligenstadt zu tun."

Jürgen nickt. Ihm ist es nur recht.

Jürgen liest das Protokoll des Verhörs. Roberto Millwitz hat den Mord an Severin gestanden.

„Verdammt Karlheinz", schreit er ins andere Büro hinaus. „Das Tötungsmuster trifft auf die in Deutschland ermordeten Transvestiten zu. Weshalb hast du Roberto nicht auch damit konfrontiert?"

„Ich glaube nicht, dass er mit den deutschen Morden zu tun hat. Ihm ging es nur ums Geld."

Jürgen knurrt, „wenn man nicht alles selbst macht. Wozu ist der Herr Staatsanwalt dabei gesessen?" Das Wort Herr dehnt er wütend.

Karlheinz, der nur Bruchstücke des letzten Satzes versteht, geht zu ihm hinein. „Wir können ihn ja noch darüber befragen. Nur müssen wir ins Landesgericht hinüber, denn er wurde gestern noch überstellt. Für Staatsanwalt Moser ist dieser Fall abgeschlossen."

„Ihr Egoisten! Ich habe den Deutschen doch meine Unterstützung zugesagt."

Karlheinz wispert kleinlaut, „fährst du jetzt rüber? Darf ich mit?"

Moser ist einverstanden und so kann Jürgen mit Roberto nochmals, in einer Zelle des Landesgerichts, sprechen.

„Es gibt da noch ein paar offene Morde, die Opfer wurden so wie Severin getötet."

„Damit habe ich nichts zu tun. Glauben Sie mir, ich habe nur getan was mir Severin erklärte wie es Herbert mit ihm macht." Jürgen zweifelt, „das kann ich Ihnen nicht glauben. Die Morde geschahen in Deutschland. Doktor Pfunds lebt und arbeitet in Wien."

Roberto birgt sein Gesicht in den Händen. „Bitte glauben Sie mir. Ich habe vorher niemanden getötet. Sicher geschlagen und so, aber nicht getötet."

„Diesen Seidenschal, woher hatte ihn Severin?"

„Der war ein Geschenk von Herbert. Severin hat ihn stolz gezeigt. Fragen Sie die Anderen."

Zurück im Landeskriminalamt treffen sie auf Max, der die Messerstecherin in Heiligenstadt festnahm.

„Sie hat es zugegeben. Das Verhör ist nur ein Protokoll im Beisein ihres Anwalts."

Jürgen bestimmt. „Mit Doktor Pfunds soll sich Karlheinz beschäftigen. Wir vermuten, dass er der in Bayern gesuchte Transvestiten Mörder ist."

Max rät. „Der Herr Doktor hat seine Fahrten nach Bayern sicher als Dienstreise von der Steuer abgesetzt. Karlheinz, frag die Finanzfahnder danach. Die sichten gerade die Klinik Buchhaltung."

Karlheinz folgt. Er bekommt alle Reiseabrechnungen und kann die Tatzeiten mit den Hotelaufenthalten vergleichen. Es passt vorzüglich.

Max holt den Doktor mit Karlheinz ab. Der jault, „ich habe doch mit Severins Tod nichts zu tun. Ich dachte, ihr habt den Mörder?"

„Ja Severins Mörder haben wir. Du bist aber der Spender des Seidenschals, womit Severin erdrosselt wurde. Hast du noch weitere Seidentücher?" Max lauert an der Wohnungstüre.

Karlheinz ist rein in die Wohnung.

Herbert zuckt die Achseln. „Zwei Stück habe ich noch."

„Karlheinz nimm ihn fest. Es sollten ein Dutzend sein."

Pfunds wird käseweiß, er sackt zu Boden. Karlheinz geht ohne sich um den Ohnmächtigen zu kümmern zur Kommode um in der zweiten Lade von oben die letzten zwei Halstücher zu finden.

Max legt Herbert die Handschellen an. Nur langsam kommt Herbert zu sich und richtet sich verstört auf.

„Ich kann nichts dafür", wimmert er.

„Kein Kommentar", lächelt ihn Max an. „Unsere bayrischen Freunde werden das abklären."

Jürgen schlägt demonstrativ den Aktendeckel zu und gibt ihn Gerlinde. „So jetzt ist auch für mich der Fall abgeschlossen. Ich kann zwar der Frau Polizeioberrat keinen Monsignore liefern, aber ein Serienmörder ist doch auch ein Präsent."

Jürgen ruft seine Mitarbeiter zusammen. „Wir haben mehr gelöst als nur einen Mord. Was noch aufzuarbeiten ist sollten andere machen."

„Fein, machen wir Feierabend. Ich muss heute zu meiner schwangeren Frau."

„Wie? „Was?" „Ah!" alle schauen Max erwartungsvoll an.

„Ja, ich weiß es seit Sonntag."

Karlheinz ist der Erste der reagiert. „Jetzt wisst ihr, warum ich eine Flasche Sekt im Kühlschrank versteckt habe." Dass er es von Marcus erfuhr verschweigt Karlheinz.

Jürgen schmunzelt, „her damit."

Tod durchs Beil

Der Geburtstag

In einer alten Jugendstilvilla am westlichen Stadtrand von Wien. Man sieht, dass das Objekt seit Jahrzehnten unbewohnt ist. Teilweise leere Fensteröffnungen, schadhaftes Mauerwerk, morsche Latten am brüchigen Balkon und üppige Brennnessel im Park verraten es. Farb- und Vergoldungsreste zeugen von ehemaliger Pracht und Reichtum. Es ist kühl an diesem Juni-tag, doch die üppigen Rosen, die ohne Pflege überdauerten, blühen und so wirkt die Anlage mit der Villa wie ein altes geheimnisvolles Dornröschenschloss. Durch die untergehende Sonne wird dieser Eindruck noch verstärkt.

Er legt sich zufrieden auf der alten Matratze zurück. Im Keller des leeren Hauses hat er einen gemütlichen Platz gefunden wo ihn, so hofft er, keiner stören oder gar verjagen wird. In der einen Fensterlücke ist das Glas noch unbeschädigt, in der zweiten halten dichte Holzbretter die kühle Luft von außen ab. Als er eine dicke, schmutzige Decke über seinen mageren Körper zieht, seufzt er.
„Heute ist mein Fünfziger. Danke, dass alle meine Freunde und auch meine ganze Familie gekommen sind. Ein Prost ihr lieben Gäste. Danke für eure Glückwünsche."
Aus einem alten Pappbecher nippt er genießerisch den Wein, den er hinter einem Restaurant, in der halb leeren Flasche fand. Ein Weißbrotstück mit Camembert dient ihm als Kaviar-

ersatz. Als er mit dem Festmahl fertig ist, dreht er sich zur Seite um zu träumen.
Alleine? Nicht ganz. Zwei kleine graue Nager nähern sich dem Schlafenden, picken die Krümel vom Käse und Brot auf und feiern mit.

Wie schon öfter, vor allem in der letzten Zeit, quälen ihn seine Erinnerungen. Wie kam es? Er stammt aus gutem bürgerlichen Haus. Studierte Jus. Hatte viele Freunde. Alles war sonnig und einfach. Wenn nur nicht das homosexuelle Verlangen wäre. So trieb er sich herum und hatte wechselnde Partner. Nur nicht auffallen und aufpassen, dass es niemand merkt.
An jenem Tag der sein Leben veränderte, hatte er Sex mit einem, ihm nicht näher bekannten, Burschen. Es war eine tolle wilde Nacht. Man schwor sich ewige Treue. Am Morgen, die große Liebe war gegangen, stand die Polizei vor seiner Tür.

Ein zehnjähriger Junge wurde vergewaltigt und anschließend ermordet. Erst wollte er aus Angst vor seinen Eltern nichts sagen. Nicht wo und mit wem er zusammen war. Als er es später zugab, wurde es ihm als Lüge vorgeworfen und erst recht seine homosexuelle Veranlagung gegen ihn verwendet. Der Partner, der er nicht namentlich nennen konnte, wurde nicht gefunden. Er meldete sich auch nicht, trotz Aufrufe in verschiedenen Zeitungen. Obwohl es nur wenige Indizien gab wurde er mangels Alibi und seiner vielen Widersprüche mit 24 Jahren zu lebenslänglicher Haft verurteilt. Nach 18 Jahren kam er frei. Er gestand nicht, er war nicht reuig, deshalb dauerte es länger.

Seine Eltern sind inzwischen arm gestorben. Sie machten alles was sie hatten zu Geld. Sie bezahlten mehrere teure Anwälte. Sie wollten ihrem Jungen helfen und konnten es nicht. Nach Jahren starben sie vor Gram. Zwei Revisionen haben nichts geändert, obwohl seine Mutter den Burschen mit dem er die Nacht verbrachte, ausfindig machte. Der Mann allerdings leugnete, dass er mit ihm, oder einem anderen Burschen Sex hatte.

Er ist, das haben ihm die Mithäftlinge zu spüren gegeben, eine schwule Sau, ein Kinderschänder und Bubenmörder.
„Du willst es doch."
„Bist doch so einer."
„Hab dich nicht so"
„Nur bei kleinen Buben ist nicht mehr."
Diese und andere Vorwürfe, musste er, wie den sexuellen Missbrauch nun an sich, hinnehmen. Einmal wagte er es sich bei der Gefängnisleitung zu beschweren. Am darauf folgenden Tag zog er die Beschwerde halb tot zurück. Sein Zellenkollege hat es ihm nahegelegt. Die Justizbeamten grinsten nur.

Er wurde, 42 Jahre alt, entlassen. Nun war er frei, das Leben begann neu. Welcher Irrtum. Es dauerte jedes Mal nur ein paar Monate und er verlor den Job. Drei Mal wechselte er die Wohnung. „Kinderschänder, Mörder", stand an der Türe.
Einmal holten sie ihn in Untersuchungshaft. Es wurde ein weiterer Junge missbraucht und ermordet. Diesmal hatte er Glück. Nach vierzehn Tagen fanden sie den wahren Mörder. Er kam frei. Doch seine Wohnung war weg. Seine Arbeit konnte er vergessen.
Nun nannte man ihn einen Rückfälligen, einen mehrfachen Kinderschänder. Die Zeitungen berichteten groß von seiner Festnahme, seine Freilassung war keine Schlagzeile wert.
Als Bittsteller ging er zu den zuständigen Ämtern. „Sie wollen von der Gemeinschaft versorgt werden? Gearbeitet haben Sie auch nie."
Überall Hohn und Ablehnung. Wenn ihn Leute auf der Straße erkannten machten sie einen Bogen um ihn. Er wechselte die Stadt. Dort bei den Ämtern: „Wieso kommen Sie zu uns? Weshalb sind Sie nicht daheim geblieben?"
Schließlich landete er mit 45 Jahren auf der Straße.

„Da bin ich jetzt seit fünf Jahren. Mal sehen wie lange ich es noch mache", fasst er sein Leben zusammen.

Mit einem sanften resignierenden Lächeln schläft er ruhig ein. Einsam, ohne Freunde, ohne Familie, im feuchten Keller einer leer stehenden, ehemals eleganten Villa.

1 Donnerstag

Sowohl Brigadier Claudius Brenner als auch Major Jürgen Pospischil sind zur großen Abschiedsfeier des Generalmajors Dornhagen eingeladen. Der 63-Jährige Polizeibeamte geht in Pension. Über 100 Gäste tummeln sich in dem großen Festsaal der Bundespolizeidirektion Wien. Es ist eine fröhliche ausgelassene Gesellschaft, obwohl es für viele eher eine Pflichtanwesenheit ist. Der Regen peitscht an diesem Oktobertag gegen die Scheiben. Nasse Regenschirme stehen beim Eingang.

„Es ist lange her, dass uns der Herr Generalmajor beibrachte, wie man Gauner fängt", wird Jürgen von einem der übrigen anwesenden Gäste angesprochen.
„Ja. Jetzt ist er pensioniert und wir stehen in seinen Schuhen", erklärt Jürgen.
„Ja richtig du leitest nun seine Abteilung die er vor zwanzig Jahren mit Härte geführt hat."
„Ich kenn ihn nur als Vortragenden an der Polizeischule. War er wirklich so hart?" Jürgen kennt den Generalmajor nur von Erzählungen.
„Hart? Ich würde sagen brutal. Ich hatte ihn als Vorgesetzten. Zum Glück nur ein paar Jahre."
„Manchmal muss man zu seinen Mitarbeitern streng sein. Ich fürchte, ich sehe ihnen zu viel nach." Kontert Jürgen.
„Er war es oft zu den Verdächtigen. Manchmal hatte ich das Gefühl, das einige Geständnisse nicht in Ordnung waren."
Der Informant verschwindet im Gewühl.

Claudius kommt. Mit einer Schüssel Chili con Carne und einer Flasche Bier nähert er sich Jürgen. „Ein Festschmaus", höhnt er. „Einheitlich ein Eintopf für jeden, mit freier Wahl ob Bier oder Mineralwasser. Wenn du Wein oder Fruchtsaft willst, musst du es nebenan in der Kantine kaufen."
„Na, bei der Menschenmenge kostet es mehr, als sich so ein kleiner Beamter leisten kann", lacht Jürgen. „Wenn ich in

Pension gehe, drücke ich mich durch die Hintertüre hinaus und Feier bestenfalls mit meinem Team."

„Bist du in Pension gehst, hast du schon längst andere Leute um dich", Claudius tippt sich an die Stirne. Er ist zwar Jürgens Meinung, doch man muss bei „so was" eben dabei sein.

Jürgen spricht noch mit mehreren Kollegen. Es überrascht ihn, dass vor allem viele Kollegen die direkt unter Dornhagen arbeiteten, besonders erleichtert über seinen Abgang sind. Auch ein paar gehässige Bemerkungen werden ihm ebenfalls hintertragen.

„Kanntest du Dornhagen näher?", will Jürgen von Claudius, als sie sich wieder in dem Getümmel über den Weg laufen, wissen.

„Nein. Ich musste nur als ich das Landeskriminalamt von ihm übernahm, in zwei Abteilungen die Kollegen auf, na sagen wir, gesittetere Umgangsformen mit unseren Kunden hinweisen."

„Kunden? Du meinst die Gauner?"

„Natürlich, du bist eine Ausnahme, denn deine Kunden sind die Leichen, ha, ha", höhnisch lacht Claudius und drängt zu einer, der wenigen anwesenden jungen, Kolleginnen hin.

2 Freitag

Der Tag beginnt reichlich unruhig. Hauptmann Max Schubert holt einen Totschläger in seiner Wohnung ab. Bezirksinspektor Karlheinz Wimmer verhört eine trauernde Witwe die neben der Leiche ihres Mannes sitzt. Karlheinz hat ihr vorher das blutige Küchenmesser aus der Hand genommen.

Inspektor Gerlinde Frauling stellt vier verschiedene Akte über Tötungsdelikte zusammen. „Wenn noch ein Mord reinkommt, brauchen wir Verstärkung!", schreit sie zu Jürgen in sein Büro hinein.

„Ich habe jemand angefordert. Soll ich ihn zu Max oder zu dir raus setzen?"

„Kommt ganz darauf an wer kommt. Einen frisch gebackenen Leutnant setz zu Max rein."

„Ich muss sowieso…", weiter kommt er nicht.

Gerlindes Telefon läutet. „Wir müssen nach Dornbach. Ein Oberstaatsanwalt im Ruhestand wurde ermordet."

„Lass uns gehen."

Das Einfamilienhaus ist weit draußen in Dornbach. Der zweigeschossige Bau strahlt Ruhe und Frieden aus. Es ist trotz der Jahreszeit wegen der vielen Nadelgewächse noch reichlich Grün vorhanden. Sonst wirken die kahlen Laubbäume eher trostlos. Hinter dem Haus wirkt der Wienerwald, durch die leichten Nebelschwaden, düster fast drohend. Die Straße ist von mehreren Polizeiautos blockiert. Bei zwei Wägen rotiert noch das Blaulicht.

Der 69-Jährige Florian Gantar liegt, im Wohnraum nahe der Terrassentüre, in seinem Blut. Eine tiefe, weit aufklaffende Wunde führt von der Halswurzel auf der rechten Seite zur Brust runter. Ein Hieb mit einer scharfen Waffe hat das Schlüsselbein durchbrochen und das Schulterblatt gespalten. Der Tote liegt am Rücken in einer Blutlache. Sein Gesichtsausdruck ist von Überraschung und Hohn geprägt.

Doktor Uwe Müller berichtet. „Der Täter hatte von hinten zugeschlagen. Der Todeszeitpunkt war um Mitternacht oder zeitig in der Früh, deshalb ist der Mann noch im Pyjama."

„Er liegt am Rücken, hast du ihn umgedreht?"

„Nein, das muss der Täter gemacht haben. Schau dir die Fotos an. Er wurde nur oben an der Schulter gedreht."

Gerlinde stellt fest. „Die Türe vom Garten ins Haus ist weit offen. Der Täter muss durch sie herein sein."

„Warum ist die Türe im Oktober und nachts offen? Es ist doch viel zu kalt."

„Ob der Staatsanwalt den Täter kannte und hereinließ?"

„Die Art der Tötung weist auf starken Hass hin." Jürgen schaudert, als er sich den tödlichen Hieb vorstellt.

„Richtig die Wucht mit der der Hieb ausgeführt wurde, hat etwas Übermenschliches an sich." Müller deckt den Toten kopfschüttelnd zu.

„Spuren gibt es genug. Allerdings keine Fingerabdrücke. Die Tatwaffe ist ebenfalls weg", berichtet die Kollegin der Spurensicherung.

„Fehlt etwas? Wurde eingebrochen oder gestohlen?"

„Die Reinigungsfrau die ihn gefunden hat, meint nein. Sie beklagt sich nur über die Unordnung in Gantars Arbeitsraum. Scheinbar hatte der Täter dort etwas gesucht."

Gerlinde seufzt, „ich werde ins Büro zurückkehren und suche alle vor kurzem entlassenen Straftäter heraus. Hoffentlich sind es nicht zu viele."

„Schau erst im jeweiligen Akt nach ob Drohungen ausgestoßen wurden. Prüfe auch, was mit seiner Familie ist." Auch Jürgen vermutet, dass es sich um einen Racheakt handelt. Es muss sich einer von Gantar Angeklagten ungerecht behandelt fühlen.

Er spricht kurz mit der Haushaltshilfe, einer 40-Jährigen Frau. „Lebte der Oberstaatsanwalt alleine?"

„Früher nicht, doch seine Gattin hatte ihn vor zehn Jahren verlassen. Ich bin geblieben, obwohl Florian oft sehr schwierig war."

Jürgen wundert sich über die vertrauliche Anrede. „Waren Sie mit dem Herrn Oberstaatsanwalt befreundet?"
„Schon, aber nicht was Sie denken. Ich bin seit dreißig Jahren hier im Haus."
Als Jürgen mit Gerlinde das Haus verlässt bellt sie ein kleiner Hund an. Sein Herrl, in einem abgetragenen grauen Mantel und grauen Filzhut, zieht ihn an der Leine zurück.
„Entschuldigen der Herr", murmelt der magere Mann mit freundlichem demutsvollem Gesicht.

Gerlinde findet sieben in den letzten drei Monaten entlassene Männer die von Gantar angeklagt und zu längeren Haftstrafen verurteilt wurden. Keiner der Sieben hatte gestanden. Sie fasst alle Daten zusammen und will am Samstag mit den Überprüfungen beginnen.

Wilhelm Schröder 3 Jahre, es war der letzte Prozess, in dem Dornhagen, vor seiner Pensionierung, als Ankläger aktiv war. Eduard Flamm 4 Jahre, Claus Romanow 4 Jahre, Julian Barner 7 Jahre, Jörg Schnurr 7 Jahre, Tadeus Wochocz 6 Jahre, Detlef Meier Totschlag 8 Jahre, er hat im Gerichtssaal getobt und den Staatsanwalt während der Verhandlung einen hinterhältigen Lügner geschimpft.

3 Samstag

Natürlich gibt es bei einem ermordeten Oberstaatsanwalt für die Ermittler kein freies Wochenende. Jürgen teilt das Team der Mordkommission ein.

„Gerlinde, du fährst zu Maier, der ist der Verdächtigste. Karlheinz, du nimmst dir Schröder und Flamm vor. Max befrage Romanow und Barner. Ich mache die zwei schweren Jungs, Wochocz und Schnurr. Zum Mittagessen treffen wir uns in der Kantine."

Sie fliegen aus, um die ehemaligen Häftlinge aufzusuchen.

Maier ist in einem Reihenhaus in Floridsdorf gemeldet. Dort bei seiner Mutter trifft Gerlinde Detlev Maier an.

„Guten Tag Kriminalpolizei. Ich habe ein paar Fragen an Ihren Sohn."

„Geht das schon los", jammert die Frau, die Gerlinde die Tür öffnete. „Er ist gerade erst seit einem Monat frei."

„Es ist nur eine Routine. Ich will nur wissen wo er in der Nacht von Donnerstag auf Freitag war."

„Gott sei Dank, hier. Aber kommen Sie, er soll es Ihnen selbst sagen", meint sie erleichtert.

Detlef Maier ist ein kleiner schmächtiger ca. 30-Jähriger Mann. Gerlinde wundert sich. Der hat vor acht Jahren brutal einen Preisboxer erschlagen? So steht es zumindest im Akt.

„Ich trau mich nirgends hin. Alle schauen mich so blöd an", stammelt der schüchterne Kerl. „Was ist den passiert?"

„Oberstaatsanwalt Gantar wurde ermordet. Wissen Sie, wer es getan haben kann?"

„Ha, ha, die Sau ist Tod. Sicher ich kann's getan haben und noch ein Paar."

„Sei doch ruhig", ruft ihm seine Mutter zu. „Die suchen doch wieder wen, dem sie es anhängen können."

„Na und? Gehe ich halt wieder rein in den Häfen. Find eh keine Arbeit."

„Staatsanwalt Gantar hat Sie wegen Totschlag angeklagt?"

„Nein wegen Mord. Obwohl die Geschworenen auf Totschlag befanden, verlangte er die Höchststrafe. Begründet hat er es, weil ich nicht gestehe. Ich hab's nicht getan, also was soll ich gestehen. Pasta! Nehmen Sie mich jetzt mit?"

Gerlinde schüttelt den Kopf. „Nein. Gibt es noch jemanden, der Ihr Alibi bestätigen kann?"

„Wer denn? Glauben Sie, seine ach so zahlreichen Freunde waren hier?" die Mutter ist in Kampfstimmung.

„Danke, für heute passt es." Gerlinde geht. Was soll sie hier noch ermitteln?

Zurück im Büro findet sie eine Notiz auf ihrem Schreibtisch. „Bin in der Bolzmanngasse bei Krause. Komm nach."

Max sucht vergeblich Claus Romanow. An der angegebenen Adresse ist er nicht.

„Hören Sie der Penner ist vor einer Woche auf und davon. Gerade zwei Nächte hat er hier geschlafen."

Max sucht Romanows Sozialbetreuer auf. „Ein schwieriger Fall. Ich betreue ihn schon das zweite Mal. Ich fürchte, er macht wieder einen Bruch."

„Er ist doch erst vor etwa einer Woche raus", Max kann nicht glauben, dass Romanov so schnell wieder rückfällig wird.

„Das hindert den Trottel nicht. Das letzte Mal hat er vier Jahre bekommen. Der anklagende Staatsanwalt hat ihn sogar noch länger einbuchten wollen. Leider kann ich das bei Detlef verstehen."

„Der Staatsanwalt wurde ermordet. Kann Detlef ihn so hassen, um es zu tun?"

„Ha, ha der doch nicht. Romanov ist zu blöd, um mit einem Stemmeisen eine Tür aufzubrechen. Spätestens am Mittwoch nimmt ihn eine Streife auf frischer Tat fest."

Bei Julian Barner hat er mehr Glück. Den trifft er am Arbeitsplatz in einer Tischlerei an. Rücksichtsvoll spricht er erst mit dem Chef. „Ich muss Ihrem Mitarbeiter Fragen stellen. Ich

vermute dass er uns als Zeuge behilflich sein kann." Eine Vorgangsweise, wie sie ihm Jürgen beibrachte. „Schade nie einem Zeugen oder Verdächtigen, wenn es nicht notwendig ist."
Der Chef ist über Barners Vergangenheit informiert. „Ist etwas passiert, dass ihr den armen Teufel jagen müsst?"
Max rückt mit der Wahrheit heraus. „Oberstaatsanwalt Gantar wurde ermordet. Ich will nur Herrn Barners Alibi überprüfen."
Der Chef grinst über sein Gesicht. „Herr Barner? Sie sind ja wirklich einer von der sanften Truppe. Für wann braucht er das Alibi?"
„Zuerst will ich ihn sprechen."
„Klar. Julian der Bulle will was von dir!", schreit er in die Werkhalle hinein.
„So sanft, dass ich den Bullen akzeptiere, bin ich auch nicht", knurrt Max. „Höflichkeit kann man doch von beiden Seiten erwarten."
Das Grinsen vergeht dem Chef. Er schluckt verlegen und meint, „entschuldigen. Sie haben recht."
Julian kommt in einem mit Sägemehl bestäubten Overall. Selbstbewusst mit einem offenen ehrlichen Gesicht steht der riesige Kerl vor Max. „Na für den war's ein leichtes, den Hieb auszuführen", denkt Max. „Ich brauche von Ihnen ein Alibi. Wo waren Sie in der Nacht von Donnerstag auf Freitag?"
„Kegeln, bis elf. Ich habe nichts getrunken. Keinen Alkohol falls Sie meine Auflagen überprüfen."
„Und nach elf, wo sind Sie da hin?"
„Heim. Mein Kumpel kann's bestätigen. Wir wohnen bei der gleichen Vermieterin."
„Fein nur noch den Namen des Kumpels und ich bin wieder weg."
„Harry!" brüllt nun Julian in die Halle. „Komm her, erzähle vom Kegelabend."
Nach einer Minute taucht Harry, ein kleiner zarter Bursche, aus dem Dunst der Halle auf. „Musst du vor allen Leuten mit deinem Erfolg auftrumpfen?"

Max muss lachen. „Ich will nur, dass Sie Herrn Barners Alibi bestätigen."

„Wieso Julian stiehlt nicht, zumindest nicht mehr. Ich pass auf ihn auf."

„Diebstahl? Wieso? Er bekam doch sieben Jahre?"

„Der Herr Oberstaatsanwalt machte einen schweren Raub mit Körperverletzung aus der Sache. Die bestohlene Frau ließ er psychiatrisch betreuen."

„Danke, Servus ihr Zwei." Max wundert sich trotzdem, über das schwere Urteil.

„He, sag uns doch, worum es geht?", schreit ihm Harry nach.

Max dreht sich um, „Oberstaatsanwalt Gantar ist ermordet worden."

Der Jubel, der nun folgt, entsetzt Max. Nicht nur die Zwei vor ihm jauchzen, sondern noch ein Kerl im Hintergrund setzt in das Freudengeschrei ein. Der Chef grinst sichtlich zufrieden. Max sucht das Weite.

Karlheinz findet Schröder und Flamm, zufällig gemeinsam, bei Arnold Fitz ihrem Sozialbetreuer. Zuletzt wurde Schröder zu drei und Flamm zu vier Jahren verurteilt. Eigentlich nicht viel. Gerlinde hat sie herausgefiltert da es sich um das Delikt „Störung der öffentlichen Ordnung" handelt. Die beiden Akte hat Gerlinde zusammengelegt, da sie beide zugleich entlassen wurden. Sie waren auch in einer gemeinsamen Zelle. Nun sitzen sie im Büro um sich eine Predigt ihres Betreuers anzuhören.

Karlheinz schaut die zwei jungen Burschen prüfend an. Er hat mit alten Knastbrüdern wenig Erfahrung. Aus den Akten weiß er, dass sie trotz ihrer dreißig Jahre „Rückfällige" sind. „Ich interessiere mich, was ihr von Donnerstag auf Freitag gemacht habt?"

Arnold schaut ebenfalls interessiert. „Am Donnerstag habt ihr doch eure Vorstellungsgespräche geschwänzt. Wo ward ihr stattdessen?"

„Das hab ich doch grad erklärt. Mir war nicht gut. Ich bin im Bett geblieben", jammert Schröder.

„Ich war beim Greissler und habe was für den Kühlschrank gekauft." Flamm ist selbstbewusster. Er ist der Leithammel.

„Mich interessiert die Nacht", wirft Karlheinz ein.

„Na in dem Heim. Wir haben dort ein gemeinsames Zimmer."

„Ihr ward nicht im Heim. Ich habe bereits mit dem Portier gesprochen." Arnold ist aufgebracht und hat einen roten Kopf, da er schon länger mit den zwei Burschen diskutiert.

„Beweis es doch, dass wir etwas Unrechtes getan haben." Flamm lehnt sich zurück und schlägt die Beine übereinander.

„Wenn ich euch mitnehme geht es schnell und ich beweise euch den Mord an Gantar", droht Karlheinz.

Beiden fällt die Kinnlade runter. Mit offenem Mund starren sie Karlheinz an.

„Den hat einer heimdraht?", rutscht es Flamm heraus.

„Ja mit einem Hieb die Schulter gespalten", erklärt Karlheinz.

„Also erzählt mir, wo ihr ward?"

Schröder stammelt mit hochrotem Kopf, „in einer Bar. Wir haben etwas dazuverdient."

Arnold will jetzt wo es um Mord geht, den Burschen helfen. „Also sagt in welcher Bar und der Inspektor findet schon die Zeugen, die euch gesehen haben."

Flamm presst erst die Lippen fest zusammen. Es dauert bis er es zischend zugibt. „Bei den Warmen. Wir sind am Strich gegangen. Die Männer, bei denen wir waren, bestätigen es sicher nicht."

„Gib mir die Adresse. Ich werde sehr vorsichtig sein." Karlheinz schmunzelt. Er hat mit solchen Situationen Erfahrung und weiß, wie er Zeugen befragen muss. Schröder hat sein Gesicht verschämt in die Hände geborgen. Flamm gibt Karlheinz den Namen und die Adresse wo sie gemeinsam die Nacht verbrachten.

Jürgen steht gerade vor der Türe von Tadeus Wochocz, als sein Handy brummt. Brigadier Brenner ist am Apparat. „Wo bist du? Wir haben eine Leiche in der Bolzmanngasse. Wieder irgendwie gespalten. Schau bitte hin."

Jürgen dreht sich um, nimmt ein Taxi und fährt in die Bolzmanngasse. In einem älteren Zinshaus im zweiten Stock liegt die Leiche.

Die gleiche Beamtin die ihm schon bei Staatsanwalt Gantar Auskunft gab erklärt, „Helene Krause, zweiundfünfzig Jahre alt, von Beruf Kindergärtnerin."

„Danke" Jürgen schaut sich nach dem Arzt um. „Hallo Doktor, seit wann?"

„Hallo Major, vor zehn Stunden. Ein Hieb mit großer Kraft wieder von hinten. Ich fürchte, es ist der gleiche Täter wie gestern bei Gantar."

Jürgen schaut sich die Leiche an, die gleich neben der Eingangstür liegt. Auch die Frau wurde nachher umgedreht. Ihr Gesichtsausdruck hat etwas Verbissenes.

Jürgen fragt eine Kollegin der Spurensicherung: „War die Türe verschlossen?"

„Nein die Zeugin eine Frau die über dieser Wohnung wohnt, hat sie deshalb gefunden. Die Türe war sperrangelweit offen."

Jürgen sieht sich die junge Kollegin näher an. „Ich bin Major Pospischil. Wer sind Sie?"

„Gruppeninspektor Nussbaum, ich bin schon länger bei der Spurensicherung", lächelt sie. „Bemerken Sie mich erst jetzt, Herr Major?"

„Verzeihung, manchmal ist man etwas zu oberflächlich."

„Es gibt wieder ausreichend Spuren, um einen DNA Abgleich zu machen. Keinen Fingerabdruck."

„Ein Mörder von der alten Garde", grinst Jürgen. „Er vermeidet Fingerabdrücke, kennt aber nicht die neuen Methoden. Ist etwas gestohlen?"

„Schaut nicht danach aus. Nur der kleine Schreibtisch ist durchwühlt. Aus dem Heft mit den Kontoauszügen wurden ein paar Blätter herausgerissen."

„Sieht man das? Wenn ein paar Auszüge herausgenommen werden?", staunt Jürgen.

„Dann nicht Aber sie wurden herausgerissen, so dass Reste des Blattes noch im Heft sind."

„Danke, ich werde in den Akten nach einem Zusammenhang zwischen dem Staatsanwalt und der Kindergärtnerin suchen."

„Wird es kaum geben. Es sei denn, sie war seine Geliebte", lacht Nussbaum.

In der Gasse vor dem Haus haben sich ungewöhnlich viele Menschen eingefunden die neugierig auf den Blechsarg starren als er aus dem Haus getragen wird. Jürgen bemerkt mehrere Sandler die sich höhnisch unterhalten und mit den Fingern auf das Leichenauto zeigen. Ein junger Hund läuft auf Jürgen zu um auf halben Weg zurückzulaufen und in der Menge zu verschwinden.

Wie vereinbart treffen sie sich zum Lunch in der Kantine. Erst hört sich Jürgen an was seine Mitarbeiter erfahren haben, dann legt er los. „Wir haben einen zweiten Mord gleicher Art an einer Kindergärtnerin. Gerlinde prüfe nochmals Gantars Akte. Obwohl ich einen Racheakt anderer Art befürchte."

„Wer will sich an einer Kindergärtnerin rächen?" Max knurrt enttäuscht. Ohne Motiv einen Täter suchen?

„Es wird ein Lustmörder sein, der seine Opfer willkürlich sucht", ist Karlheinz' Meinung.

„Die Frau könnte Zeugin in einem von Gantars Prozessen gewesen sein." Gerlinde steht auf, um ins Büro zu gehen.

Sie geht Prozess für Prozess durch. Alle Delikte, der im letzten Jahr Entlassenen, will Gerlinde überprüfen. Ein gewaltiges Vorhaben. Staatsanwalt Gantar war sehr emsig. Viele Gauner verdankten ihm einen langen Staatsaufenthalt.

Um 18 Uhr macht Gerlinde erschöpft Schluss. „Das kann ich am Montag ebenfalls weiter machen."

4 Sonntag

Karlheinz strahlt, „ Marcus, ich habe vergangene Woche von der Elektronikum eine Provision erhalten."

„Wofür? Was machst du für Geschäfte?"

„Die haben einen Teil des von mir und Erwin entwickelten, Sicherheitssystems weiter verwendet. Dominik hatte damals der Elektronikum den Auftrag gegeben und uns beide rechtlich abgesichert."

Karlheinz hat mit Erwin Loimer ein Sicherheitssystem für die Compositbank, deren Vorstand Marcus Vater Dominik ist, entwickelt. Das System ist ein großer Erfolg. Dominik will Karlheinz deshalb auch in die Bankzentrale als Sicherheitschef locken.

„Dann wirst du jetzt reich? Bin ich froh, dass du mich endlich ernähren kannst", lacht Marcus auf.

„Sag lieber, ich liege dir nicht weiter auf der Tasche", mault Karlheinz.

„Das tust du doch nicht. Wie kommst du darauf?"

Etwas depressiv murmelt Karlheinz, „die Wohnung und auch sonst, Vieles kommt von deinem Konto. Um mit dir Schritt zu halten reicht mein Polizeigehalt nicht ganz."

„Komm doch endlich zu mir in die Bank. Papa mag dich, er hilft uns."

„Ich will aber selbstständig sein. Du sollst zu mir aufschauen können."

„Das tu ich doch, du bist zehn Zentimeter größer."

„Hm, aber es ist wahr. Dominik ist sehr freundlich zu mir."

„Ich hatte immer Angst das Vater meine Veranlagung nicht akzeptiert. Dir verdanke ich es, dass er es verkraftet hat. Bei einem Anderen, wie zum Beispiel Ludwig, schaute die Sache anders aus."

„Ludwig gefällt dir? Hast du früher mit ihm…?"

Marcus blüht auf. Er liebt es, wenn Karlheinz eifersüchtig reagiert. „Ludwig hat einen fantastischen Körper. Ich habe mit ihm nichts gehabt. Er ist, auch wenn es nicht so ausschaut, seinem Justus treu."

„Justus bezweifelt es."

„Das nenne ich mangelnde Liebe. Wenn man liebt, vertraut man auch."

„Ich liebe dich und vertraue dir. Aber manchmal juckt es halt."

„Das geht mir auch so", schnurrt Marcus.

Als Karlheinz mit Marcus das Haus verlässt, um mit einem öffentlichen Verkehrsmittel zu Justus der sie zum Essen einlud zu fahren, stolpert Marcus fast über einen kleinen ungefähr sechs Monate alten Hund.

„Hallo mein Süßer. Was machst du vor unserer Eingangstür?", Marcus beugt sich zu dem Hund und will ihn sanft zur Seite drücken. Das schwarz weiß braune Wesen wedelt mit dem Schwanz und beginnt Marcus Hand zu lecken.

„Ha, ha", lacht Karlheinz. „Der will zu dir."

Da ertönt ein Pfiff und der Hund rennt davon.

5 Montag

„Wir haben Glück. Am Sonntag hat unser neuer Freund nicht zugeschlagen. Also konzentrieren wir uns auf den Staatsanwalt und die Kindergärtnerin. Was hast du herausgefunden", spricht Jürgen Gerlinde, bei ihrer morgendlichen Besprechung, an.

„Am Samstag habe ich über dreißig Gantar Urteile durchsucht. Bei keinem scheint Frau Krause auf. Weder als Zeuge noch als Beschuldigte. Ich glaube wir können die freigelassenen Häftlinge vergessen."

„Wie viele Gauner wurden im letzten Jahr noch entlassen?" Max bleibt bei seiner Vermutung. Es kann nur die Rache eines Verurteilten ist.

„An die zwanzig muss ich noch überprüfen. Nur Rache wegen ein paar Monate ist unwahrscheinlich."

„Bitte tu das", entscheidet Jürgen. „Wenn du auch findest, dass es unwahrscheinlich ist, dürfen wir nicht aufgeben."

„Ich habe mir die Bilder angesehen", meint Karlheinz. Diese Brutalität mit einer Hacke oder einem Schwert von oben den Hals entlang zuzuschlagen ist abnormal. Wir sollten die aus der Psychiatrie entlassenen Gewalttäter überprüfen."

„Das darfst du gleich machen. Brigadier Brenner soll dir dafür die Genehmigung erwirken." Jürgen grunzt unwillig. Für die Erhebung dieser Daten bedarf es einer eigenen richterlichen Genehmigung.

Max erwähnt gerade, „ich muss nochmals nach Favoriten", da meldet sich der Journaldienst.

„Ein Todesfall auf der Wieden", verkündet Gerlinde.

„Vergiss Favoriten Max. Wir zwei gehen zum Tatort." Jürgen ist schon aufgesprungen, kaum das Gerlinde den Hörer wieder aufgelegt hat.

Hilflos hebt Gerlinde noch den Bericht der Forensik hoch, die Kollegen sind weg. Sie liest ihn selbst und staunt. Die DNA Spuren sind nicht vom Täter. Es wurden tierische Spuren mit verschiedenen menschlichen Spuren vermischt. Sie sind als Beweis vor Gericht unbrauchbar.

Es ist eine elegante neubarock eingerichtete Wohnung im 1. Stock eines der Jugendstilhäuser deren Fenster vorne auf die Straße und auf der Rückseite auf einen kleinen Park hinausgehen. Auf dem breiten parkseitigen Balkon liegt über der Brüstung nach vorn gebeugt das nackte Opfer. Eine breite klaffende Wunde reicht vom Hals runter bis unter die Brust. Jürgen sieht mit einem Blick, es ist der Spaltmörder. Diesmal wurde der Tote nicht umgedreht.

„Guten Tag Herr Major", grüßt Doris Nussbaum. „Der Tote ist Horst Jobst, einundfünfzig Jahre alt, Wirtschaftsjurist."

„Servus Frau Gruppeninspektor. Bleiben wir doch beim Du, denn ich fürchte wir werden uns noch öfter mit Opfern dieser Bestie beschäftigen müssen."

„Glauben Sie, ich meine du, dass es eine Serie ist?" Doris schaut Jürgen schockiert an.

„Es ist jedenfalls ein Wahnsinniger. Ich nehme an, es fehlt nichts?"

„Es schaut aus als ob alles da ist. Der Freund des Opfers sitzt in der Küche. Er hat den Toten gefunden. Bei ihm ist Doktor Müller."

Jürgen geht in die Küche. Auch hier sieht er nur das Beste vom Besten. Einen riesigen doppeltürigen Kühlschrank, ein Induktionskochfeld, zwei Backrohre, einen Dampfgarer und was es sonst noch an technischen Kochhilfen gibt. Auf einem Hocker sitzt ein Mann im mittleren Alter. Er schaut Jürgen mit geröteten Augen traurig an. Doktor Müller verabreicht ihm gerade eine Spritze.

„Ich grüße Sie. Können Sie mir ein paar Fragen zu Herrn Jobst beantworten?"

Wie ein Häufchen Elend senkt er seinen Blick. „Was wollen Sie wissen? Horst hatte keine Feinde."

„Wer sind Sie und wie ist ihr Verhältnis zum Opfer?"

„Ich bin Martin Hauff, wir leben zusammen. Wieso? Suchen Sie den Täter in unserem Bekanntenkreis?"

„Er ließ den Täter in die Wohnung. Er war nackt. Anders ist es nicht zu erklären."

„Aber wen? Ich bin sicher von unseren Freunden tut keiner sowas."

„Wo waren Sie vergangene Nacht?"

„Ich war in Tulln. Meine Mutter ist krank und mein Vater ist alleine etwas überfordert. Ich bin vor einer Stunde nach Hause gekommen."

„Verstehe. Wer wusste davon?"

„Sie meinen?" Martin reißt die Augen weit auf um Jürgen mit seinen blassblauen Augen groß anzustarren. „Viele. Ich weiß nicht, wem ich es aller erzählte. Ich war ja drei Tage in Tulln."

„Haben Sie auch herumerzählt, dass Sie heute aus Tulln zurückkommen?"

„Natürlich habe ich Horst angerufen. Siglinde seine Schwester weiß es auch. Sonst vielleicht Gerhard. Ach ja auch Fridolin. Ich weiß nicht mehr, mit wem ich noch telefonierte."

Jürgen überlegt. „Doris schreibst du mir bitte alle Namen und Adressen, wenn geht auch die Telefonnummern auf?"

„Mache ich gerne Jürgen", strahlt Doris in ihrem blendend weißen Anzug der Spurensicherer.

„Gib die Angaben an Bezirksinspektor Wimmer durch, der kennt vielleicht ein paar der Burschen."

„Sicher", Doris schmunzelt. Auch sie hat schon von Karlheinz gehört.

„Herr Hauff, wie harmonisch war Ihr Verhältnis?"

„Was meinen Sie? Gut natürlich. Es war gut. Ich war Horsts erster und einziger Mann. Auch wenn vor Jahren eine Verrückte behauptete: Horst hätte mit ihrem Sohn vor unserer Zeit ein Verhältnis gehabt."

„Vor Ihrer Zeit? Das ist doch dann nicht schlimm?" Jürgen versteht nicht, was Hauff ausdrücken will.

„Doch, das wäre für mich sehr schlimm. Ich habe Horst rein und unschuldig bekommen. Hätte er einen Makel gehab, hätte ich ihn rausgeworfen."

„Aha, ich verstehe. Seit wann lebten Sie mit Herrn Jobst zusammen?" Jürgen versteht nicht und denkt: Darüber muss ich mit Karlheinz reden. Der kann es mir vielleicht erklären.

„Seit sechsundzwanzig Jahre. Letztes Jahr feierten wir groß unsere Fünfundzwanzig."

„Den Namen der Verrückten wissen Sie noch?"

„Nein wieso? Ach ich glaube Sobotka, ja könnte Sobotka sein. Sie sprach von ihrem Sohn, der auch schwul ist. Das Ganze ist zwanzig Jahre her."

Max macht die Knochenarbeit. Er geht von Türe zu Türe durch das Haus. Nur die Hälfte der Bewohner trifft er an. Die Anderen merkt er sich für den Abend vor.

Auf die Standardfrage, „haben Sie vergangene Nacht etwas bemerkt?", erfolgen entweder keine Antworten, Kopfschütteln oder freundliches Grinsen.

Schließlich begibt er sich in den kleinen Park, um vereinzelt Passanten zu befragen. In einer Ecke neben, fast unter dem Strauch entdeckt er ein improvisiertes Lager. Ein alter Penner schaut ihn vorsichtig und fluchtbereit an. Unter der Decke lugt ein kleiner schüchterner Hundekopf hervor.

Max deutet ihm seine Harmlosigkeit an und fragt, „waren Sie die Nacht über hier?"

„Wohin soll ich sonst", knurrt der Mann wie ein Hund dem man den Knochen rauben will.

„Ich habe nur eine Frage. Ist ihnen in dem Haus dort drüben, vielleicht im ersten Stock etwas aufgefallen? Man sieht von hier aus gut zum Balkon."

„Ich habe geschlafen. Wenn man den ganzen Tag unterwegs ist schläft man nachts, wie ein Stein."

„Ja aber heute Morgen? Da mussten Sie doch den Mann, der über dem Balkongeländer lag gesehen haben?"

„Mir ist er nicht aufgefallen."

„Danke." Max überlegt noch, ob er die Daten des Penners aufnehmen soll, lässt es aber. Er glaubt nicht, dass es etwas bringt.

Gerlinde hat gegen Abend alle Prozessakte durch. Zwischen dem Staatsanwalt und der Kindergärtnerin findet sie keinen Zusammenhang. Bei der Überprüfung der letzten zwanzig Akte hat sie auch nach dem Namen Horst Jobst gesucht und ebenfalls nichts gefunden.

Doris gibt Karlheinz die Namen von Jobsts Freund und den zwei Bekannten durch. „Schauen Sie, diesmal haben wir einen Homosexuellen. Prüfen Sie bei dem Staatsanwalt nach, ob auch da in seinem Privatleben etwas war?"
„Das könnte sein. Seine Frau hatte ihn verlassen. Ich werde die Nachbarn befragen."
„Major Pospischil will, dass Sie die zwei Freunde von Jobst aufsuchen."
„Das mache ich", bestätigt Karlheinz.

Als Gerlinde es erfährt reagiert sie anders, „du solltest zuerst raus fahren und die Nachbarn des Staatsanwaltes befragen."
„Zwei von ihm verurteilte Burschen sind ein Paar. Sie sind gemeinsam in einer Zelle gesessen." Karlheinz muss lachen. „Welche strenge Strafe."
„Na, die haben sicher nicht zu seinen Lieblingen gehört", lacht auch Gerlinde.
Karlheinz stellt, als er die Berichte der Kollegen liest fest. „Seltsam ist es schon. In deinem und Max Bericht haben alle wild über Gantar geschimpft. Diese Zwei nicht."
„Hm, kann auch Tarnung sein. Was ist mit ihrem Alibi?"
„Nicht überprüfbar." Karlheinz denkt nach, „ich quetsche die Burschen etwas aus. Die müssen mir sagen, bei wem sie in der Nacht wirklich waren." Wie zu erwarten, hat man in den als Alibi genannten Lokalen, geleugnet, dass Stricher bei ihnen verkehren und die Namen der zwei Burschen sind auch nicht bekannt.

Jürgen kommt vom Tatort. Das mit Horsts Reinheit lässt ihn nicht ruhen. „Karlheinz ich habe eine delikate Frage. Dieser Freund von unserem Opfer meint…, wie soll ich es sagen? Er meint sein Freund wäre unschuldig…, na wie eine Jungfrau sein Partner geworden. Ist das bedeutend?"
Karlheinz grinst übers Gesicht. „Warum stotterst du so herum? Ich meine was vor der Partnerschaft war, ist doch unwichtig."
„Nun mir sagte er, er hätte seinen Freund davon gejagt, hätte dieser vorher bereits ein Verhältnis mit einem anderen Kerl gehabt."
„Blödsinn. Aha irgendwie interessant."

Nun ist es Karlheinz, dem es keine Ruhe lässt. Marcus war früher ein wilder Teufel und hatte nichts anbrennen lassen. Karlheinz dagegen wusste, bevor er Marcus kennenlernte, nicht was Liebe ist. Würde Marcus ihn auch davonjagen, wäre er vorher mit einem anderen Mann zusammen gewesen und nicht erst von ihm verführt worden?
In der folgenden Nacht schreckt Karlheinz auf. In einem bösen Albtraum wirft ihm Marcus ein längst vergessenes Liebesspiel vor.
„Marcus", aufgeschreckt schreit er, sich im Bett abrupt aufrichtend, „das war doch vor deiner Zeit und ist überhaupt nicht wahr."
Jetzt schreckt Marcus ebenfalls hoch. „Was…, was…, war vor meiner Zeit?"
„Ach nichts ein Blödsinn", raunt Karlheinz nun ganz munter.
„Sag wirfst du mich aus der Wohnung, wenn ich dir ein Verhältnis von vor unserer Zeit gestehe?"
„Ich werfe dich sogar nachts aus der Wohnung, wenn du mich zum Verhör weckst, anstatt etwas Gescheites zu tun", murrt Marcus und schnauft empört.
„Verzeih, es ist nur, weil heute ein Zeuge meinte, er kann… Ach es ist zu blöd."

„Wirklich es ist zu blöd und ich bin jetzt munter." Marcus legt sich über seinen Freund und verlangt das Gescheite.

Karlheinz erfüllt den Wunsch und denkt nicht mehr an Martin Hauffs Aussage.

6 Dienstag

Karlheinz hofft gleich in der Früh die Burschen, Wilhelm und Eduard, in ihrer Wohnung anzutreffen und schwänzt deshalb die Morgenbesprechung. Er fährt zu dem Heim und klopft mehrmals an die Zimmertüre.

Die Nebentüre geht auf. „Was willst? In aller Herrgottsfrüh störst."

„Ich muss dringend mit Schröder und Flamm sprechen. Sind sie nicht hier?"

„Nachts sind sie nie hier. Meist kommen sie erst zu Mittag zum Schlafen heim."

„Ach und wo sind sie in der Nacht?"

Der Bursche mustert mit stechendem Blick Karlheinz von oben nach unten und retour. „Ich denke, du kennst die zwei? Bei irgendwelchen Kerlen."

„Du kennst doch auch die Kerle?", lauert Karlheinz.

„Na, ich mach sowas nicht. Schau rüber zum Praterstern, dort stärken sie sich immer danach."

„Danke, Tschüss."

Karlheinz hat zwar wenig Hoffnung geht aber trotzdem zum Praterstern. Der ist ein paar hundert Meter von der Wohnung entfernt. Im Getümmel, des von der Wiener Unterwelt stark frequentierten Platzes, ausgerechnet die zwei Burschen zu treffen ist wenig wahrscheinlich. Doch, nach einer halben Stunde sieht er sie am Dönerstand.

„Hallo, habt ihr das Nachtgeschäft schon beendet?"

„Mensch, der Bulle. Was willst?" Flamm stellt sich schützend vor seinen Freund. Karlheinz begreift, die zwei sind wirklich ein Paar.

„Mehr über den Oberstaatsanwalt erfahren."

„Mich hat er zwei Mal angeklagt. Das zweite Mal hat er die Höchststrafe gefordert und ist nicht durchgekommen. Mehr kann ich über die Sau nicht sagen."

„Anklagen hat es ja mehrere gegeben. Freisprüche, bedingte Strafen und drei Mal bist du gesessen. Das, obwohl du erst sechsundzwanzig bist."

„Und deshalb willst mir jetzt einen Mord anhängen?"

„Nein ich glaube auch nicht, dass es einer von euch war. Ich will wissen ob Gantar auch zu euren Freiern gehörte."

Beide beginnen zu kichern. „Bist deppert? Genau deshalb hat er für Wilhelm eine zusätzliche Strafe gefordert. Der Gantar war typisch asexuell. Er hat bei seiner Alten auch keine Kinder geschafft. Frag die Dame doch einmal, warum sie das Schwein verlassen hat."

„Woher weißt du das so genau?" Karlheinz ist sich sicher, hier ist doch noch etwas.

„Damals im Jugendknast habe ich ein Buberl getroffen, der hat es mit ihm versucht."

„Also, was geschah?"

Wieder kichern Beide blöd auf. „Nichts, angeblich hat er ihn nicht hoch gebracht. Der Geist war willig, doch das Fleisch war schwach."

„Im Akt steht, das Gantar zuerst die Höchststrafe forderte, sie aber nach dem Plädoyer des Verteidigers drastisch reduzierte. Was war da?"

„He, was willst? Der Schuft ist Tod und ich habe damit nichts zu tun."

Karlheinz schaut Eduard Flamm tief in die dunklen Augen. Hatte er was? Wie und wo? Im Gerichtssaal wohl nicht. „Komm sag's mir endlich, danach lass ich euch in Ruhe. Versprochen."

Eduard schaut entschuldigend zu seinem Freund Wilhelm, bevor er es zugibt. „Ich habe ihn im Büro des Richters gepackt. Es war irre geil, weil wir jederzeit mit einer Störung rechneten."

„Das hat also das Strafmaß verringert."

„Na und? Werde ich deshalb wieder angeklagt?"

„Nein mach dir keine Sorgen, das bleibt unter uns. Er hat also unter Freunden mäßig agiert?"

„Im Gegenteil, wenn sich einer als schwul geoutet hatte, hat er besonders wild hohe Strafen gefordert. Er war eben ein Heuchler."

„Hm, dann kann es doch einer aus der Szene sein. Wo hat Gantar verkehrt?"

„Bei Gericht", lachen sie nun schallend.

„Kennt ihr Horst Jobst, ein Jurist?"

Die Burschen schauen sich schulterzuckend an, „nein", „nie gehört", „hast ein Bild von ihm?"

„Noch nicht, ich rühr mich wieder."

„Bitte nicht, das stört."

„Servus." Karlheinz geht ins Landeskriminalamt.

Jürgen ist bereits zurück und geht im mittleren Büro, das der Inspektoren, nervös auf und ab. „Ah, Karlheinz. Wenn das mit Gantar stimmt, haben wir endlich einen Zusammenhang. Nur was hat die Kindergärtnerin damit zu tun?"

„Ich werde mich umhören. Ganz koscher finde ich die beiden Zeugen nicht."

„Befrage die Freunde von Jobst. Vielleicht ist wirklich einer homophob unterwegs."

Karlheinz nickt. Er schreibt kurz seinen Bericht und geht nach Hause, um auf Marcus zu warten. Wie immer wenn er früh daheim ist, beginnt er zu kochen und deckt den Tisch.

Als Marcus um sechs Uhr erscheint und den hübsch ge-schmückten Tisch sieht, schmunzelt er, „ich sehe du suchst einen Mörder. Was willst du von mir wissen?"

„Ja mein Schatz. Mach es dir gemütlich und lass uns ruhig essen."

Nach der Leberknödelsuppe, die Knödel hat Karlheinz aus dem Tiefkühlfach genommen, beginnt er. „Horst Jobst. Sein Freund heißt Martin Hauff, kennst du die beiden?"

Marcus schüttelt den Kopf. „So aus dem Stegreif sagen mir die Namen nichts, aber ich schau morgen nach. Ist der Ermordete der Kerl der seinen Freund nur jungfräulich akzeptiert und wegen den du mich in der Nacht geweckt hast?"

„Umgekehrt, der Tote war angeblich Jungfrau. Das war es auch schon. Ach doch noch etwas, was weißt du über Staatsanwalt Florian Gantar?"

„Den Oberstaatsanwalt, den sie ermordeten?"

„Richtig, also kennst du ihn?"

„Nicht persönlich. Papa hatte mit ihm zu tun. Frag mich aber nicht, weshalb."

„Sag mir, wie viele Jahre Dominik bekam und ich sage dir, weshalb er verknackt wurde."

„Es ging ums Geld. Bei Papa geht es immer ums Geld. Er ist Bankier."

„Jetzt hast du mir aber ein Familiengeheimnis verraten."

Sie müssen beide lachen und lassen sich die Schnitte vom Stefaniebraten schmecken.

„Du kochst von Mal zu Mal besser", stöhnt Marcus, als er mit der Hauptspeise fertig ist.

„Ich habe noch eine Cremeschnitte."

Marcus reißt die Augen auf. „Selbst gemacht?"

„Nein, vom Konditor am Neuen Markt."

„Fein, dann lass ich die Nachspeise stehen. Ich kann nicht mehr."

„Dieser Jobst hatte auch zwei Freunde, Gerhard und Fridolin."

„Seit wann fragst du mich scheibchenweise. Leg mir doch einfach eine Liste vor."

„Ich schreibe sie dir gleich. Schau bitte morgen früh nach. Ich suche morgen Justus auf und danach die Kerle auf der Liste."

7 Mittwoch

Die emeritierte Professorin der Psychologie Dorothea Klauber wird um acht Uhr in der Aula der Universität Wien aufgefunden. Ihre rechte Schulter ist gespalten. Eine tiefe Wunde zieht sich vom Hals hinunter fast bis zur Brust. Sie muss fürchterlich gelitten haben.

„Die Todesursache siehst du ja. Der Todeszeitpunkt war gegen dreiundzwanzig Uhr. Genaueres bekommst noch."

Müller wird von Jürgen unterbrochen. „Ich weiß, sobald du sie obduziert hast. Weshalb hat sie nicht geschrien?", wundert sich Jürgen. „Es muss sie doch wer gehört haben."

Doktor Müller versucht eine Erklärung. „Der Schock. Sie hat nicht damit gerechnet. Man sieht es auch an ihrem Gesichtsausdruck. Sie konnte nicht glauben was geschieht."

Gerlinde meint, „so wie sie auf der Steinbank unter der Büste von Sigmund Freud kniet wurde sie bewusst hier getötet, oder hergebracht."

„Was meinst du? Das viele Blut beweist es: Sie wurde hier getötet." Müller packt sein Besteck ein.

„Der Täter will uns etwas sagen. Schon lange glaube ich, dass die Morde eine zusammenhängende Geschichte haben. Es ist kein Serientäter, der wahllos Opfer sucht." Jürgen versucht zu ergründen was die Opfer verbindet.

Gerlinde ist anderer Meinung. „Die Toten kennen sich doch nicht. Was verbindet sie deiner Meinung nach?"

„Bitte prüfe nochmals Gantars Akte. Vielleicht hatte sie für den Staatsanwalt Gutachten erstellt?"

Gerlinde seufzt, „ich tu es. Ich habe das Gefühl wir rennen im Kreis und das neben dem Geschehen."

Max und Karlheinz versuchen Zeugen aufzutreiben. Es ist vergeblich. Nachts ist, wenn überhaupt, kaum wer in der Aula. Selbst dem Portier ist nichts aufgefallen. „Wir haben doch nach Mitternacht zugesperrt."

Max stößt nach, „war etwas am Nachmittag auffällig?"

„Nein der übliche Wirbel. Ach so, um acht Uhr am Abend wollte sich eine Gruppe Obdachloser reinschleichen. Ich habe sie aber gleich verscheucht."

„Kommt das öfter vor? In den vielen Gängen kann man doch gut übernachten."

„Das schafft keiner. Wir gehen regelmäßig unsere Streifen. Schon wegen der vielen Professoren, die abends länger im Haus sind. Die arbeiten nachts in Ruhe an ihren Projekten."

„Sie haben erst um acht Uhr die Polizei gerufen. War vorher niemand im Gebäude?"

„Doch. Die Ersten, meistens Assistenten, sind bereits um sechs Uhr gekommen. Doch nicht jeder geht durch die Aula und wahrscheinlich haben viele nicht begriffen, weshalb die Tote dort kauert."

„Wie haben Sie die Professorin bemerkt?"

„Plötzlich gab's einen Wirbel und da ging ich nachschauen. Die Studenten, die herumstanden, hauten ab als ich kam."

„Alles klar." Jürgen kennt das, keiner will aussagen.

Karlheinz entdeckt ein Büro mit einer Türe in den großen Raum der Aula. „Guten Tag, Bezirksinspektor Wimmer. Konnten Sie gestern etwas beobachten?"

Die junge vollbusige Frau die in dem Büro arbeitet meint, „ich weiß nicht, ob es dazugehört? Ich bin am Abend um sechs Uhr heimgegangen und da lungerten zwei Kerle an der Säule da drüben herum. Ich dachte noch, so wie die ausschauen gehören sie nicht zu den Studenten."

„Was war so anders?"

„Ich weiß nicht genau. Der Eine war groß und kräftig und der Andere zart und klein. Wie Dick und Doof."

„Darf ich Sie aufs Kriminalamt bitten, damit wir von den Männern eine Zeichnung anfertigen?"

„Ich helfe gerne. Eine so nette alte Dame. Die Frau Professor war sehr beliebt."

Sonst ergeht es Karlheinz wie Max. Es gibt keine brauchbaren Zeugen und keinen Hinweis auf die Tat.

Jürgen versucht es im Rektorat. „Können Sie mir sagen, was Professorin Klauber nachts im Universitätsgebäude machte?" „Was sie überhaupt noch machte, ist uns ein Rätsel. Ein paar Studenten holten sich von ihr Rat. Angeblich schrieb sie für die Justiz Gutachten, aber sie hatte, wie ich vermute, schon länger keinen Auftrag mehr."

„Sie wird das Geld nicht brauchen." Jürgen versteht nicht, weshalb eine gut versorgte Pensionistin noch Aufträge braucht.

„Ganz im Gegenteil. Die Frau Professor Klauber hatte ständig Geldsorgen. Auch früher als sie noch das Institut leitete."

„Hatte sie ein Büro?"

„Natürlich gemeinsam mit zwei emeritierten Kollegen. Ich zeige es Ihnen gerne."

Jürgen geht mit, um sich in dem Kämmerchen umzusehen. Nachdem ihm der Schreibtisch gezeigt wurde, stöbert er in den Laden und findet nichts. Die Laden sind leer, wie ausgeräumt. Obenauf liegen ein paar Zettel und Belege. Im Schrank steht ein einziger Ordner.

„Das soll Frau Gruppeninspektor Nussbaum alles mitnehmen, damit wir es genauer durchsehen", beschließt er und verlässt die Universität.

Jürgen holt die Befragungen nach, die er wegen der neuen Morde verschieben musste. Er steht vor der Türe. Tadeus Wochocz, Goldschmied prangt auf dem Messingschild.

Auf sein Läuten öffnet ihm eine hübsche junge Frau im schwarzen langen Kleid. „Sie wünschen? Wir haben einen Trauerfall. Es ist geschlossen."

„Verzeihung, Major Pospischil vom Kriminalamt. Ich habe ein paar Fragen an Herrn Wochocz."

„Welchen Herrn Wochocz?"

„Ah", Jürgen ist überrascht. „Tadeus."

„Tadeus? Der Junge ist zwölf."

„Aber", Jürgen zeigt auf das Schild neben der Türe.

„Mein Mann ist am Sonntag verstorben. Was wollen Sie von ihm?"

„Mein Beileid. Ich habe nur eine Frage wegen Staatsanwalt Gantars Tod."

Kaum fällt der Name Gantar brüllt die bisher ruhige, nette Frau los. „Dieser gemeine Mensch. Der hat uns ruiniert. Mein Mann hat sich wegen ihm zu Tode gegrämt."

„Was…, was ist passiert?"

„Sie wollen von der Polizei sein. Lesen Sie doch den Akt, der ein einziges Verbrechen ist. Mein Mann war unschuldig. Sechs Jahre musste er ins Gefängnis. Dabei rennt der wahre Gauner noch frei herum."

Jürgen überlegt wenn? Doch lässt er die Idee gleich wieder fallen, da inzwischen weitere Morde geschahen. „Ich bitte nochmals um Verzeihung. Auf Wiedersehen."

Jürgen sucht Jörg Schnurr. Bei der angegebenen Adresse brüllt ihn der Vermieter an. „Diese Sau habe ich am Samstag raus geschmissen. Eine Gemeinheit. Kein Mensch hat mir gesagt, was das für Einer ist."

„Ja, was ist den das für Einer?" Jürgen bemüht sich ruhig zu bleiben.

„Na ein Kinderschänder, ein Grapsche. Sieben Jahre war er im Knast und hat bei mir auf vornehmen Herrn gemacht."

„Aha, wohin ist er? Wissen Sie es?"

„Nein das ist mir auch egal. Am besten er kommt wieder ins Gefängnis, wo er hingehört."

Jürgen versucht es anders. „Deshalb bin ich hier, aber wenn Sie mir nicht helfen können."

„Aha, hätte ich mir gleich denken können. Oft habe ich ihn in dem Café zwei Gassen weiter am Eck gesehen."

„Danke, das war's auch schon." Jürgen geht.

Er findet das Café und geht zum Ober. „Ich will Jörg Schnurr vertraulich sprechen."

Der schaut Jürgen an und lacht. „He Jörg", ruft er einem 40-Jährigen zu, „der Bulle will was von dir."

Jörg ist in keiner Weise irritiert und winkt Jürgen, zu ihm an den Tisch zu kommen.

„Ich grüße Sie Herr Schnurr. Ich komme wegen Staatsanwalt Gantar."

„Hat ihn endlich einer abgemurkst", kichert Jörg. „Hab's gelesen. Ich bin gut mit ihm ausgekommen. Es gibt aber eine Menge Kerle, die ihm an die Gurgel wollen. Wenn's die alle befragen wollen, werden Sie das kaum vor ihrer Pensionierung schaffen."

„Es muss jemand mit einem extrem starken Hass sein. Es gibt auch weitere Tote, die auf die gleiche Art ermordet wurden."

„Weitere Staatsanwälte, wie schön", Jörg verschluckt sich vor Freude.

„Nein es sind eine Kindergärtnerin, eine Professorin und ein Wirtschafsjurist."

Jetzt schaut Jörg blöd. „Was wollen Sie von mir?"

Jürgen gesteht, „das weiß ich auch nicht. Vielleicht sehen Sie einen Zusammenhang." Jürgen zählt die Namen der anderen Opfer auf und erzählt vom Umfeld.

Jörg schüttelt bei jedem der Namen den Kopf. „Immer auf die gleiche Art? Ein heftiger Hieb voller Wut? Herr Major, da suchen Sie in unserem Kreis vergeblich. Das ist ein Irrer."

Jürgen hatte sich nicht vorgestellt, deshalb fragt er erstaunt: „Sie kennen mich?"

„Sicher, Sie sind ein cleverer Ermittler und steht's höflich, das spricht sich rum. Manche Bullen sind nämlich gemeiner als unsereiner."

„Na gut, Servus."

„Auf Wiedersehen. Tut mir leid, dass ich Ihnen nicht helfen konnte."

Marcus ruft im Landeskriminalamt an. Es ist Gerlinde am Apparat. „Kann ich Karlheinz sprechen?"

„Leider er ist unterwegs. Er meinte noch zu mir: Wenn Marcus anruft schimpf ihn, denn ich habe in der Früh gesagt."

„Entschuldigung. Aber ich bin in einer anderen Berufssparte tätig."

„Ich weiß Marcus und würde mich auch nicht trauen dir etwas vorzuwerfen. Sag mir bitte was du hast."

„Also Horst Jobst hat keine gute Bonität, aber sein Freund Martin Hauff schwimmt dafür im Geld. Der Martin ist extrem eifersüchtig und wollte ihn als vor zehn Jahren das Gerücht kursierte: Horst hätte etwas mit einem Meinrad, aus seiner Wohnung werfen."

„Nun scheinen sie ja wieder versöhnt." Gerlinde kann sich Jobsts Lebensgefährten nicht als Täter vorstellen.

„Die Freunde Gerhard und Fridolin sind bunte Vögel. Die haben schon einige Partnerschaften auseinander gebracht. Finanziell sind sie durchschnittliche Angestellte, ohne Geldsorgen."

„Florian Gantar? Hast du auch etwas über ihn?"

Süffisant kommt durch die Leitung ein, „Hmm, und ob. Dieser Herr treibt es im Verborgenen. Seine Spezialität sind allerdings Mädchen, möglichst jung. Die spielen mit ihm hoppe, hoppe, Reiter und benützen auch die Peitsche."

„Interessant. Woher weißt du solche Details? Ich dachte, du bist nur im, na ja, halt unter Männern…"

„Ich bin ein alter Sexualrat. Perversität spricht sich rum, vor allem wenn es einer nicht richtig schafft."

„Was meinst du, mit nicht schafft?"

„Gerlinde, das kann ich doch nicht mit einer Frau besprechen. Gib mir die Nummer von Roland. Dem erzähl ich es und er soll entscheiden, was für deine jungfräulichen Ohren bestimmt ist."

„Ich muss mir überlegen, ob das was du erzählst für die Ohren meines unschuldigen Rolands geeignet ist."

„Nun zur Nächsten. Frau Professor hatte vor knapp dreißig Jahren einen Privatkonkurs und ist dann überraschend zu Geld gekommen. Ihr Konto ist permanent in der roten Zahl."
„Ach und woher bekam sie damals das Geld?"
„Das weiß ich nicht. Tschüss Gerlinde."
„Servus Marcus."

Max reißt es, als er am Abend Karlheinz' Bericht liest. „Zwei Kerle wie Dick und Doof standen an der Säule". Das könnten doch Julian Barner und sein Freund Harry sein. Max beeilt sich um die Männer noch in der Tischlerei zu erreichen. In der grell beleuchteten Tischlerei herrscht emsiger Betrieb. Max sieht mindestens acht Burschen im Overalls herum-huschen. Dazwischen drei oder vier anders gekleidete Männer.
„Hallo ist Julian noch hier?", ruft Max vom Tor hinein.
„Ach der höfliche Herr Inspektor." Der Tischler kommt zu ihm. „Haben Sie schon den Befreier gefasst?"
„Wieso Befreier? Was meinen Sie?"
„Nun für viele, auch anständige Menschen, ist Gantars Tod eine Befreiung."
„Diesmal brauche ich von Herrn Barner und seinem Freund ein Alibi."
„Sie sind hartnäckig, doch die zwei haben den Staatsanwalt nicht zerhackt."
„Nein es geht um vergangene Nacht, da wurden die Beiden in der Aula der Universität gesehen."
Der Chef kichert in sich hinein. „Es sind zwar intelligente Burschen, aber sie studieren nicht an der Uni."
„Darf ich rein, oder holen Sie sie zu mir raus?"
„Kommen Sie nur, wir beißen nicht. Julian ist in der dritten Koje rechts und Harry im Moment in der Farbtönung. Den können Sie erst in einer halben Stunde verhören."
„Ich verhöre nicht, ich befrage nur."
Max geht zur dritten Koje. Neugierig folgt ihm der Chef.
„Danke, ich spreche lieber mit Julian alleine."

„Wenn der Junge schreit, komme ich ihm mit dem großen Schraubenschlüssel zu Hilfe."

„Gut, dass Sie es mir sagen. Ich werde Julian den Mund zu halten."

Der Chef lässt Max alleine. Max stört den am Boden liegenden Julian. „Guten Tag. Ich will nur wissen was habt ihr, du und dein Freund in der Uni gemacht."

Julian springt hoch. Max fürchtet schon, dass er davon läuft. Doch er steht nur verdattert vor Max.

„Woher wissen Sie das?"

„Ja die Welt ist klein. Also was habt ihr gemacht?"

„Gegen Harry läuft eine Anklage. Die alte Professorin hat ihm der Chef empfohlen. Gegen eine Kleinigkeit schreibt sie, was der Richter hören will."

„So, so, welche alte Professorin?"

„Dorothea, mehr weiß ich nicht. Wir sollen im Institut nach Dorothea fragen. Sie hat auch das Gutachten sofort ausgestellt. Bitte lassen Sie es Harry. Die Zweitausend waren schwer zu beschaffen."

„Weshalb bist du mit?"

„Harry hat doch schreckliche Angst. Bitte, es ist doch nicht unrecht. Es gibt doch von der Professorin haufenweise falsche Gutachten."

Max überlegt. Soll er die zwei kleinen Gauner wirklich weiter belästigen? „Die Professorin hat einer mit dem Beil bearbeitet. Sie ist Tod."

„Das muss nach sechs Uhr gewesen sein. Als wir weggingen, war sie noch ganz munter."

Max schwankt. Soll er den Kerl mitnehmen? Gantar hat er gehasst, doch was hatte er mit Krause und Jobst? Was hat es mit dem Gutachten für Harry auf sich?

Er beschließt, „nun, ich will dir glauben. Ist, als ihr zwei weg seid, jemand gekommen? Der zur Professorin wollte?"

„Nein es war sehr still. Es sind nur noch Leute hinausgegangen. Rein kommen habe ich keinen gesehen."

„Kann ich eine Kopie von dem Gutachten haben?"

„Das haben wir nicht bekommen. Das schickt die Professorin direkt an den Anwalt."

„Aha, wer ist der Anwalt?"

„Doktor Reinhard Schreiner."

„Siehe da. Worum geht es?"

„Einen Diebstahl."

„Komm lass dir nicht alles aus der Nase ziehen. Erzähle bitte mehr, sonst muss ich euch beide mitnehmen."

Julian jault auf, „bitte nicht festnehmen. Der Chef ist zwar sehr entgegenkommend, wenn es um die zweite Chance geht, aber wenn Sie mich jetzt festnehmen, bin ich wieder auf der Straße."

Max ist irritiert. Der große starke Kerl beginnt fast zu weinen.

„Ja, ja, beruhige dich. Kommt bitte beide morgen um zehn ins Landeskriminalamt, damit wir ein Protokoll aufnehmen."

„Ja wir kommen. Was soll ich dem Chef sagen?"

„Ich erkläre es ihm. Mach jetzt ruhig weiter."

Max geht wieder nach vorne zum Chefbüro und erklärt dem Chef. „Ich brauche Julian und Harry als Zeugen. Deshalb habe ich sie gebeten morgen Vormittag im Amt ein Protokoll zu unterschreiben."

„Das geht schon in Ordnung. Haben die zwei eine Dummheit gemacht?"

„Ich hoffe nicht. Sie haben Harry Professor Dorothea Klauber empfohlen?"

„Pha, was wollen Sie?"

„Schon gut. Auf Wiedersehen."

8 Donnerstag

Jürgen träumt gerade von einem ausgiebigen Frühstück, als um sechs Uhr das Telefon läutet.

„Ich hasse diesen Killer", flucht er. „Nimmt das kein Ende."

Ein Kollege der Telefonzentrale des Landeskriminalamtes meldet sich: „Herr Major ein Toter in Hütteldorf. Übernehmen Sie bitte?"

„Ja ich fahre hin. Sind die Spurensicherung und der Gerichtsmediziner schon verständigt?"

„Ja bereits unterwegs."

„Danke", knurrt Jürgen und denkt: Ich bedanke mich auch noch dafür, dass ich kein Frühstück genießen kann.

Der Morgen beginnt düster. Es regnet. Am Tatort, in einer Villa in Hütteldorf, findet Jürgen bereits Max und Doris vor. Während Max unausgeschlafen und mürrisch ein „Servus" grunzt, strahlt Doris Jürgen ein fröhliches, „guten Morgen", entgegen.

Die Wohnung des Opfers Generalmajor Dornhagen ist im Obergeschoss. Er selbst liegt hinter dem Haus im Rasen. Trotz der nächtlichen Kälte trägt er nur einen dünnen Schlafrock.

Doktor Müller brummt, „fasst den Kerl endlich. Die fünfte Leiche innerhalb einer Woche. Übrigens, diesmal hat er zweimal zugeschlagen. Der erste Hieb glitt an der Schulter ab. Den Zweiten führte er wieder am Hals entlang."

„Von hinten?"

„Wie gehabt."

Doris, von den Anwesenden die Einzige, die guter Laune ist, beginnt „der Tote ist…"

„Danke mir persönlich bekannt", murrt Jürgen.

„Dachte ich es mir doch. Der Herr Generalmajor ist einer von uns." Doris trällert es fast. „Ich habe ihn kurz kennen gelernt. Er war ein strenger Chef."

Jürgen schaut sie kurz und missbilligend an. „Glaubst du wir sollen den Täter in unseren Reihen suchen?"

„Hi, hi, diesmal war es nicht unser Killer, denn der hat es jedes Mal mit einem Hieb geschafft. Ich tippe bei Domhagen auf einen Nachahmungstäter."

Sie schaffte es, Jürgens Mund verzieht sich zu einem Lächeln. „Du solltest zu uns kommen. Die Idee ist nicht schlecht."

„Die mittlere Lade des Schreibtisches wurde aufgebrochen. Sie ist jetzt leer", erwähnt Doris.

„Was sucht der Verrückte? Wahrscheinlich fehlen wieder Kontoauszüge."

Max knurrt, „wenn es einer von uns war, dann war der Kerl bei dieser Abschiedsfeier am vergangenen Donnerstag dabei."

Nun lacht Jürgen richtig auf. „Gerlinde soll die Gästeliste durcharbeiten. Wer am Längsten unter Dornhagen diente, wird verhaftet."

Max murrt weiter. „Doktor Müller! Wissen Sie schon den Todeszeitpunkt?"

„Wahrscheinlich ein paar Minuten vor Mitternacht. Das dürfte die Lieblingsstunde unseres Freundes sein. Die genaue Zeit bekommt ihr noch."

Jürgen befragt die Familie. Frau Dornhagen ist gefasst, Jürgen spürt sie scheint sogar erleichtert. Sie sitzt in einem bequemen Sessel und nippt an einem Kognakschwenker. An ihrer Seite ein ungefähr vierzigjähriger Mann in Jeans und grellrotem Pullover.

„Mutter ist geschockt. Bitte haben Sie Verständnis", beginnt der Mann.

Ein Schlückchen und ein freundliches Lächeln. „Ach, das geht schon. Fragen Sie Herr Kommissar."

„Major Pospischil", stellt sich Jürgen vor. „Hatte Ihr Gatte Feinde?"

„Mehr als Freunde. Schon alleine bei euch in der Polizeidirektion gibt es einige. Ich fürchte, ich kann Ihnen da nicht weiter helfen."

„Mama! Wie kannst du so sprechen?"

„Warum nicht? Der Herr Major, ist es jetzt richtig? Erfährt es sowieso. Meine Ehe ist, war eine Katastrophe und du hast mit ihm ständig gestritten."

„Das ist übertrieben. Wir hatten höchstens ein, zwei Mal im Jahr eine Differenz."

„Sicher, öfter habt ihr euch nicht getroffen."

Jürgen mischt sich beruhigend ein. „Es scheint mir, es ist ein Killer am Werk. Ich ermittle nur der Ordnung halber auch im unmittelbaren Umfeld."

Der Sohn des Opfers lächelt nun auch. „Das beruhigt mich. Ich hatte nämlich mit Vater gestern einen Streit. Mama hat recht ich sag es gleich, denn der Wirbel war weit zu hören."

„Wohnen Sie hier?"

„Nein um Gottes Willen, dann wäre ich schon vor Jahren zum Mörder geworden."

„Danke. Falls Ihnen doch noch etwas einfällt. Eine Drohung zum Beispiel, hier meine Karte."

„Viel Glück Herr Major", schreit ihm Frau Dornhagen nach.

„Ach, in letzter Zeit haben sich einige verwahrloste Typen hier herum getrieben."

Das hört Jürgen schon nicht mehr.

Jürgen eilt ins Amt. „Gerlinde, fein, dass du schon da bist. Wir haben falsch gesucht."

„Was meinst du? Ich bin extra früher gekommen, um in Ruhe die Akten zu studieren."

„Dornhagen, unser neues Opfer, hatte früher die Abteilung Gewaltdelikte geführt. Such seine Ermittlungen heraus, die dann Gantar anklagte."

„Das ist doch über zehn Jahre her. Die schweren Fälle werden noch sitzen. Im letzten halben Jahr kamen nur sieben Männer heraus, die wir bereits untersuchten."

„Ja, ja, das war mein Fehler. Ich dachte, wenn einer rauskommt, der meint ihm ist Unrecht geschehen, rächt er sich sofort. Nun haben wir eine zweite Spur. Egal ob der Bursche

noch sitzt oder bereits vor einigen Jahren aus der Haftanstalt entlassen wurde. Schauen wir uns die Akten an."
„Gut", Gerlinde macht sich seufzend an die Suche.
Als Karlheinz kommt, hilft er ihr dabei.

„Ah, Dick und Doof", begrüßt Max freudig die zwei Tischler.
„Gerlinde mach mit den Beiden ein Protokoll. Sie waren am Mittwochabend in der Aula der Universität."
„Guten Tag", murmelt ängstlich Harry. „Ich kann das mit dem Gutachten nicht beweisen. Habt ihr es den nicht im Büro der Frau Professor gefunden?"
„Wir haben nicht danach gesucht. Wenn's wichtig ist, machen wir das noch." Gerlinde ist nicht ganz klar, was Max mit dem Protokoll bezweckt.
„Ja, denn deshalb waren wir in der Uni. Die Frau Professor hat mich untersucht und ein Gutachten erstellt. Mein Anwalt meint ich soll mich als notorischer Kleptomane ausgeben."
Gerlinde muss lachen, „als Kleptomane? Was verspricht sich der Anwalt davon?"
„Er meint Strafminderung bis Freispruch."
„Witzig. Wer ist Ihr Anwalt?"
„Doktor Reinhard Schreiner."
Jürgen, der gerade durch das große Büro zu Max geht, zuckt zusammen. „Schick sie heim. Mit unserem Mord haben sie nichts zu tun. Schreiner, das auch noch."
Karlheinz grinst, „Reinhard ist für unseren Major ein rotes Tuch."
Gerlinde fertigt trotzdem ein umfassendes Protokoll an und lässt es unterschreiben.

Gegen Dienstschluss haben Gerlinde und Karlheinz eine neue Verdächtigen Liste fertig. Vierzehn schwere Fälle mit Mord oder Totschlag. Neun davon verbüßen noch ihre Strafe. Fünf wurden bereits entlassen.
Bernd Ebner, hatte 14 Jahre und ist seit zwei Jahren heraus.

Klaus Hummer, 12 Jahre und seit drei Jahren frei.
Josef Lang auch 12 Jahre seit zwei Jahren frei.
Karl Bronner 10 Jahre vor vier Jahren entlassen.
Heinrich Grundl 9 Jahre ebenfalls vor vier Jahren entlassen.
„Nehmen wir uns zuerst diese fünf Männer vor", entscheidet Jürgen.
„Es gibt auch zwei Frauen, die infrage kommen", meint Karlheinz.
„Der gewaltige Hieb? Die eine hat ihren Mann vergiftet und die andere hat mit einer Spritze fahrlässig getötet." Gerlinde hat sie aussortiert und schaut Karlheinz, weil er es zur Sprache bringt, böse an.
„Wie immer, haltet die Namen in Evidenz. Morgen machen wir weiter." Jürgen schließt den Tag ab.

9 Freitag

Die technische Untersuchung ist aufschlussreich. Jürgen liest vor. „Der Täter ist jedes Mal ungefähr ein bis zwei Meter vom Opfer entfernt gestanden und hat von hinten mit der Tatwaffe, einem Beil oder kurzem Schwert, schwingend zugeschlagen. Nur so erklärt es die Durchschlagskraft."

Gerlinde will wissen: „Warum schlägt er mit dem Säbel oder Beil von oben durch die Schulter? Auf dem Kopf oder quer wäre effizienter."

Jürgen schnauft angeekelt. „Warum rechts, das Herz trifft er doch nur links?"

Max wirft ein. „Es schaut aus, als ob er möglichst schmerzvoll töten will."

„Ein Sadist? Ein Rächer?" Gerlinde schüttelt den Kopf. Sie glaubt nicht daran, dass die Opfer etwas gemeinsam hatten.

Auch Max ist dieser Meinung. „Fünf Tote. Nur der General-major und der Oberstaatsanwalt vertreten den Staat. In den letzten zehn Jahren hatten die zwei nichts miteinander zu tun. Zehn Jahren davor hatte Gantar zwölf Kriminelle verurteilt, gegen die Dornhagen ermittelte. Die Kindergärtnerin und der Wirtschaftsjurist passen überhaupt nicht ins Bild."

„Der Wirtschaftsjurist ist schwul. Hat Karlheinz nichts über ihn herausgefunden?" Jürgen hofft, in dieser Richtung etwas zu finden.

Max lächelt, „da finden wir auch kein Motiv. Er kannte nicht einmal die Kindergärtnerin. Wenn es wenigstens ein Pfleger wäre."

„Jetzt wirst du gehässig", Gerlinde hebt mahnend den Zeige-finger.

Max wiederholt seine Version. „Wir haben auch noch die Universitätsprofessorin. Die Opfer hat der Täter willkürlich ausgesucht. Ich glaube, sie waren nur zur falschen Zeit, am falschen Ort."

Jürgen widerspricht. „Es hängt zusammen. Wir erkennen nur keinen Zusammenhang und haben deshalb das Motiv noch nicht gefunden."

Karlheinz kommt und setzt sich ratlos an den Beratungstisch.

„Wo setzen wir an?"

„Gerlinde lass die Akte der Verurteilten kommen. Schauen wir erst ob im Akt etwas Entscheidendes, wie kein Geständnis oder ein Verdacht, dass es mit Gewalt herbeigeführt wurde, aufscheint. Vielleicht liegt die Wurzel noch weiter zurück."

„Das wären bereits Ermittlungen die bis zu zwanzig Jahre zurückreichen. Bist du sicher?" Gerlinde hasst es, in den alten Akten zu wühlen.

„Es ist schon vorgekommen, dass die Söhne oder Töchter von Verurteilten Rache übten." Jürgen lässt nicht locker. Es muss einen Zusammenhang geben. „Schau, ob von den anderen drei Opfern einer als Zeuge, Schöffe oder sonst wie in den Akten vorkommt."

„Gut", seufzt Gerlinde, „ich stöbere im Archiv, bis ich etwas finde."

„Karlheinz, was ist mit deinen Quellen? Das was du gebracht hast ist mehr als dürftig."

„Ich kann nichts dafür, dass es nur einen Schwulen erwischt hat. Sonst wirfst du mir vor, dass es viel zu viele Tote aus der Szene gibt."

„Ich begleite dich heute. Es schadet nicht, wenn ich deine Kontaktpersonen kennen lerne."

Karlheinz grinst breit, „am besten fangen wir im Wellnessklub in der Hinterbrühl an."

„Max, du hilfst Gerlinde mit dem Aktenlesen. Sucht, sucht, sucht."

Max stöhnt auf, „das wird ja ein wunderschöner Tag. Ich hoffe der Spalter gönnt uns heute etwas Ruhe."

„Wenn es Rache ist, muss er doch bald fertig sein." Karlheinz vertritt die Rachetheorie.

„Wir zwei beginnen in der Pizzeria. Denn wenn du mich in der Sauna vernaschst, ermordet dich sicher Marcus. Mir verzeiht Lisa."

Jürgen ist das erste Mal bei Justus in seinem Hauptgeschäft der Pizzeria mit einem Darkroom im Keller. Es ist noch ruhig. Am Freitag beginnt der Wirbel erst nach Büroschluss, oft noch später.

Karlheinz stellt seinen Chef Justus vor. „Hallo Justus, mein Chef Major Pospischil. Ich bin überrascht, dass du heute hier bist. Hat die Hinterbrühl zu?"

„Guten Tag Herr Major. Karlheinz hat schon viel von Ihnen erzählt."

„Hoffentlich auch Gutes. Sag übrigens Jürgen zu mir. Es muss niemand hören, dass wir von der Polizei sind."

„Geht in Ordnung Jürgen, doch die Gauner sind, bereits als du kamst, fluchtartig hinaus."

„Schade, dann kann ich niemanden verhaften." Jürgen geht auf Justus Gesprächsart ein.

„Karlheinz besucht mich immer dann, wenn er einen Mörder sucht. Da er mit Verstärkung hier ist, sucht ihr eine Mörderbande."

Jürgen reagiert verblüfft, „da könntest du recht haben. Es könnte eine Gruppe sein. Daran habe ich noch nicht gedacht."

„Was darf ich euch zur Stärkung bringen?"

Karlheinz hat noch nicht zu Mittag gegessen. „Mir eine Pizza Margherita, oder nein, lieber eine Pizza Ragu."

„Ein Glas Rotwein dazu?"

„Geht nicht, bin im Dienst."

„Nun, mir gib bitte eine Margherita und ein Glas Wein dazu. Es genügt, wenn Karlheinz arbeitet."

Justus grinst und gibt die Backbestellung dem Jüngling am Steinofen weiter. Er schenkt sowohl Jürgen als auch Karlheinz ein Glas Rotwein ein. „So nun zu eurer Arbeit. Was wollt ihr wissen?"

Karlheinz erklärt es Justus. „Es wurde ein Oberstaatsanwalt ermordet."

„Hab's gelesen. Soll ein Schwein gewesen sein. Vorgestern hat bei mir hier einer getobt und gemeint: Der Schuft setzte homophobe Aktionen."

„Ja richtig. Auf die gleiche Art wurde eine Kindergärtnerin getötet. Sie war zweiundfünfzig Jahre alt. Unverheiratet."

„Lesben kommen selten zu mir. Schreib mir ihren Namen auf. Ich höre mich um."

„Und als drittes Opfer, Horst Jobst er lebte mit Martin Hauff zusammen."

„Die Namen sagen mir nichts, das heißt Horst und Martin gibt es wie Sand am Meer. Hast du Fotos?"

Jürgen greift in seine Brusttasche und holt zwei Fotos heraus. Karlheinz schaut erstaunt. Woher hat Jürgen das Foto von Martin?

Jürgen erklärt, „das mit dem verzerrten Gesicht ist Horst. Das andere Bild von Martin ist etwas älter."

Nachdenklich meint Justus: „Seltsam, die sind ein Paar? Ich kenne sie nur flüchtig vom Sehen. Martin hat hier in der Nähe ein Möbelgeschäft für überdrüber Freaks. Manchmal kommt er her, um rasch etwas zu essen. Horst sah ich dafür öfters im Wellnessklub."

„Nie zusammen?", staunt Karlheinz. „Sind die Zwei sittsam unterwegs?"

Jürgen muss über Karlheinz' Ausdrucksweise schmunzeln.

„Treiben sie es mit anderen Partnern", fragt Jürgen deshalb direkter.

„Horst treibt es wie wild im Klub. Martin kommt wirklich nur zum Essen her. Ich bin doch kein Puff."

Jürgen ist nervös. Er erhoffte sich bessere Informationen.

„Schön, das ist schon etwas. Weiter, was ist mit Dornhagen und der Psychologin?"

Justus werden weitere Fotos gezeigt. „Die sind mir wildfremd. Aber Klaus ist an der Uni Assistent. Ich glaube irgendwas Psychopatisches. Frag ihn."

Justus ruft Klaus und winkt einem 30-Jährigen herzukommen. „Du Klaus, meine Freunde wollen wissen, ob du die alte Schachtel da am Bild kennst?"
Klaus studiert das Foto. „Ja, die ist, das heißt war an unserem Institut. Sie ist schon lange emeritierte Professorin."
„Sie wurde am Mittwoch in der Aula ermordet. Haben Sie das nicht mitbekommen?"
„Nein", faucht Klaus. „Was wollen Sie von mir? Wegen ihr bin ich weg. Glauben Sie, ich habe sie umgebracht?"
„Wann war das?"
„Was?"
„Na, wann haben Sie den Posten an der Universität verloren."
„Vor zwei Monaten. Sie hat herumgebrüllt, dass ein Schwuler nicht für psychologische Arbeiten geeignet ist."
„Hatte sie allgemein etwas gegen Homosexualität?"
„Allerdings. Für sie waren natürlich alle Homosexuelle auch Kinderschänder und Mörder."
„Gibt es etwas, dass einem Mann sehr geschadet hat?"
„Ja mir, ich habe derzeit keinen Job."
Karlheinz versucht die Unterhaltung witziger zu gestalten. „Hast du ein Schwert zu Hause?"
„Nein ich fechte nicht. Die Burschenschaften würden mich, einen Schwulen, auch nicht aufnehmen. Soviel sollte doch bekannt sein."
Jürgen nickt. Es ist interessant, hilft aber nicht weiter. „Danke. Justus, was zahle ich. Karlheinz ist eingeladen."
Justus gibt Jürgen die Rechnung.

„Seine Pizza war wirklich hervorragend", lobt Jürgen, als sie hinaus sind.
„Justus ist ein vorzüglicher Koch. Noch besser ist sein Freund Ludwig, der führt die Küche in der Hinterbrühl."
„Wie bist du zu diesem Klub gekommen?"
„Marcus gab vor Jahren Gustav dem Besitzer einen Kredit. Der Klub gehört seitdem zu Marcus Kunden."

„Herr Klein ist wirklich Spitze. Du weißt ja sicher, dass ich mein Girokonto stark überzogen hatte?"

„Ich habe keine Ahnung. Wieso glaubst du das?"

„Ich bespreche auch mit Lisa die Fälle im Bett. Das werdet ihr doch auch machen."

„Wir sprechen über vieles, aber nicht über intimes unserer Freunde. Wenn du willst, dass ich mit Marcus etwas regle, dann mache ich das gerne."

„Das ist nicht mehr nötig. Herr Wiesinger hatte in Marcus Auftrag angerufen und mich gebeten vorbeizukommen, um den Kleinkredit zu unterschreiben."

„Wiesinger ist für die Kreditberatung zuständig."

„Ja, ich war erst verwirrt, doch Wiesinger erklärte mir, dass die Kontoüberziehung ein Blödsinn ist und deshalb hat der Herr Direktor eigenmächtig die Schuld auf einen Kleinkredit umgebucht."

„Du hast ihn nicht beantragt?"

„Ich hatte keine Ahnung, aber dazu hat man ja einen Bankier dem man vertraut."

Karlheinz muss lachen. „Glaube mir, dass hat er mir im Bett verschwiegen. Da wollte er etwas anderes von mir."

10 Samstag

Das Wochenende, der Samstag, ist die Zeit an dem sich die Presse breit äußert. Sie wetteifern mit Anschuldigungen gegen die unfähige Polizei.

„Fünf Morde und die Polizei tappt im Dunkeln", war noch höflich.

„Was treiben die Polizisten, außer auf der Straße herum zu stehen und Strafmandate zu verteilen?", noch freundlich.

Doch es wird schlimmer. „Suspendiert die gesamte Abteilung für Gewaltdelikte."

„Unfähiges Beamtentum wälzt Akte, anstatt uns von einem verrückten Mörder zu befreien."

Auch einige persönliche Angriffe erfolgen. „Wer kennt Major Pospischil? Der ist es, der es nicht schafft einen Mörder zu fangen."

Die Gratisblätter toben sich fast bis zur Unflätigkeit aus.

„Du solltest das Zeug nicht lesen", Lisa nimmt ein paar der Blätter auf und wirft sie in den Papierkorb.

„Es ist mir egal, was sie schreiben. Ich lese es nur, um mich selbst abzureagieren. Manchmal befindet sich ein nützlicher Hinweis zwischen den Zeilen."

„Hast du einen guten Hinweis gefunden?"

„Sicher. In dieser Zeitung verlangen sie meine Pensionierung. Das ist doch eine gute Lösung."

„Das wäre für mich furchtbar. Du und den ganzen Tag zu Hause."

Karlheinz nutzt mit Marcus den herbstlichen Tag. Endlich hat das trübe Nieseln aufgehört. Die Sonnenstrahlen brechen durch die spärlichen Wolken. Es ist angenehm mild.

„Lass uns auf der Terrasse Mittagessen. Justus hat sich mit Ludwig freigenommen. Seine Mitarbeiter in der Hinterbrühl und auch im Pizzaladen arbeiten bereits selbständig."

Karlheinz schaut Marcus fragend an, um nachträglich seine Zustimmung zur Einladung zu erhalten.

„Fein, hast du sie zu uns eingeladen?" Marcus stimmt zu.

„Ja ich kann nicht weg. Ich habe Bereitschaftsdienst."

Marcus grunzt nur. „Wenn einer heute mordet, bring ich ihn um."

Karlheinz lacht nur und verschwindet in die Küche. Er hat bereits eine Karfiolsuppe vorbereitet. Er beginnt ein kräftiges Bauernfrühstück zu kochen. Reichlich Speck und Kartoffeln, gut gewürzt. Zum Nachtisch will Karlheinz, seine Lieblingsspeise, Palatschinken mit Marillenmarmelade servieren.

Marcus richtet die Getränke her. „Zu deinem Bauernfrühstück gibt's Bier. Zur Nachspeise einen Wachauer Smaragd", schreit er in die Küche, bevor er mit dem Lift in den Keller fährt.

Die Gäste kommen pünktlich.

Marcus empfängt sie an der Türe. „Was Scharfes oder einen Eierlikör?"

„Eierlikör. Das ist doch der von dir angesetzte Saft?", schwärmt Justus.

„Einen Korn, den kann ich auch zum Bier genießen."

„Das gibt zwei Korn", lächelt Marcus.

Ludwig hebt wie zur Entschuldigung beide Hände. „Ja, jetzt prüfe ich, was Karlheinz in der Küche verbricht."

Karlheinz empfängt ihn dementsprechend begeistert. „Sag ja nichts. Bei mir gibt's einfache bodenständige Speisen."

„Die hervorragend schmecken. Ich finde nur, du solltest mehr Paprika nehmen, eventuell auch Pfefferoni hineinschneiden."

„Raus, pfeffern kannst du es dir auch am Tisch."

Bei Tisch stänkert Ludwig weiter. „Schrecklich. Bereits nach einem Jahr ist Karlheinz nicht mehr verliebt."

„Wieso, wir lieben uns noch immer", schmollt Marcus.

„Schmeckst du es nicht? Die Suppe ist nicht versalzen."

Karlheinz droht Ludwig mit dem Zeigefinger. „Deine Lachsbrötchen im Wellnessklub waren stark versalzen. Galt deine

Verliebtheit Justus, oder dem Jüngling, der schmachtend an deiner Theke saß?"
„Was, wann war das? Welcher Jüngling?" Justus ist sofort eifersüchtig auf der Palme.
Marcus beruhigt ihn. „Da war sicher nichts. Karlheinz stichelt nur."

Etwas später erwähnt Justus den Hund. „Bei mir hinter der Pizzeria stöbert öfter ein älterer Mann in den Abfallkübeln. Erst wollte ich ihn verjagen, aber er hatte einen süßen jungen Hund dabei."
„Sucht der Mann Hundefutter? Bei dir?" Marcus grinst und verbeißt sich eine noch boshaftere Bemerkung.
„Nicht nur. Er futtert selbst was von dem, was wir wegwerfen müssen."
Karlheinz wartet. Er ahnt, dass Justus noch etwas erzählen will. „Schön und was ist mit dem Hund?"
„Ja, stell euch vor: Er fragte mich, ob mein Freund der Polizeiinspektor Hunde mag. Ich war perplex. Woher kennt er dich?"
Marcus wird hektisch, „ist der Hund weiß, braun und schwarz? So wie ein Schweizer Sennehund?"
„Ja genau, du kennst den Mann auch?"
„Nein, nur den Hund, den habe ich ein oder, doch zwei Mal hier vor unserem Haus gesehen. Der Hund war alleine, es war kein Mann dabei."
Karlheinz sinniert, „doch einmal habe ich ihn gesehen. Er lief davon als sein Herrl pfiff."
Justus setzt spöttisch fort. „Ich habe ihm natürlich gesagt, dass sich der Herr Bezirksinspektor Wimmer sehnlichst einen Hund wünscht."
Markus geht hoch, „du bist gemein. Was sollen wir mit einem Hund? Wir sind beide berufstätig."
„Nimm ihn in die Bank mit", meint Ludwig. „Dein Vater sucht doch nach einem guten Sicherheitssystem."
Karlheinz lacht, „das ist die Lösung. Ich werde Hundeführer und wechsle in die Bank."

„Na, wenn der Mann kommt und uns den Hund verkaufen will, werde ich ihm erklären, dass es nicht geht." Für Marcus ist die Hundediskussion beendet.

Ludwig seufzt, „ich wünsche mir einen Hund. Leider geht es nicht. Ein Hund in der Küche, da hetzen sie mir den Gewerbeinspektor auf den Hals."

„Wenn ein Hund dann etwas wirklich Großes. Zum Beispiel einen Bernhardiner.", schwärmt Justus.

„Das ist für dich kein Problem. Nimm einfach eine Fleischerei zu deinen Lokalen dazu." Karlheinz amüsiert sich. Er denkt nicht daran, sich einen Hund anzuschaffen.

11 Sonntag

Karlheinz sitzt mit Marcus beim Frühstück, als das Telefon läutet. „Herr Bezirksinspektor, Sie haben Journaldienst. Es gibt eine Leiche in Hietzing."
„Komm endlich zu mir in die Bank!", brüllt Marcus auf. „Jetzt lassen sie dich nicht einmal am Sonntag ruhig essen."
„Beruhige dich bitte, ich bin bald zurück. Das Mittagessen bei meiner Mama ist fix."

Karlheinz fährt nach Hietzing, zur angegebenen Adresse, die mehr draußen bei St. Veit liegt. Es ist eine schmucklose Villa mit quadratischem Grundriss und dreiteiligen Fenstern. Im Erdgeschoss befinden sich Büroräume und im Obergeschoss und der Mansarde die Wohnung. Er kommt fast zeitgleich mit Doris und ihrem Team an.
„Servus Doris, haben Sie rund um die Uhr Dienst?"
„Nur noch heute. Ab morgen habe ich zwei Tage frei", strahlt sie.
„Schön für Sie."
Sie gehen in das Haus. Eine verstörte Haushilfe zeigt ihnen den Weg ins Arbeitszimmer. Doktor Müller untersucht den Toten.
Karlheinz grüßt ihn mit einem Nicken. „Ist es unser Freund?"
„Ja der typische Hieb. Der Kerl muss ein Bär sein." Müller wundert sich jedes Mal über die Wucht, mit der das Schlüsselbein zertrümmert wurde.
Karlheinz schaut in das verwundert, verzerrte Gesicht des Toten. „Ich kenne ihn. Ein sehr erfolgreicher Strafverteidiger. Er war für die meisten Staatsanwälte ein rotes Tuch."
„Richtig Doktor Kurt Millowitsch, Sechsundsechzig Jahre alt, Strafverteidiger", erklärt Doris.
Karlheinz nickt und wendet sich dem Arzt zu. „Ich trau mich gar nicht zu fragen woran er gestorben ist."
„Dann lassen Sie es. Der Todeszeitpunkt ist so wie bei den Anderen, um Mitternacht herum."

Doris meint zu Karlheinz. „Die Papiere am Schreibtisch schauen nur auf den ersten Blick geordnet aus. Sie wurden aber durchwühlt und liegen durcheinander. Auch aus dem Aktenschrank neben der Türe fehlt etwas."

„Das schaut aus wie bei den anderen Opfern. Was sucht der Täter?"

Karlheinz geht hinauf in die Wohnung. Dort erwarten ihn eine weinende Gattin und eine ziemlich gefasste Tochter. „Mein Beileid. Hatte Herr Millowitsch berufliche Probleme, gibt es Feinde oder wurde er bedroht?"

„Mir ist nichts bekannt", murmelt die Tochter, „Mama lassen Sie bitte in Frieden. Sie weiß nichts über Daddys Klienten."

„Hatte Ihr Vater in der Nacht gearbeitet?"

„Ja, am Montag findet eine heikle Verhandlung statt. Ich war ihm bis um zehn Uhr Nachts behilflich."

„Sie arbeiten auch in der Kanzlei Ihres Vaters?"

„Es ist seit einem Jahr meine Kanzlei. Daddy hatte sich zur Ruhe gesetzt."

„Trotzdem?" Karlheinz hat im Arbeitszimmer den vollen Schreibtisch des Anwaltes gesehen und da ist von Ruhe nichts zu merken.

„Seine alten Klienten. Sie verlangen nach ihm. Ich weiß auch nicht, wie es jetzt weiter gehen soll?"

„Kannte er Oberstaatsanwalt Gantar auch privat?"

„Nein. Das heißt schon, vor ungefähr dreißig Jahren waren sie befreundet. Doch mehr und mehr entfremdeten sie sich."

„Interessant, und Generalmajor Dornhagen?"

„Privat sicher nicht. Den nannte Daddy immer ein korruptes brutales Schwein. Einmal, bei einem Treffen der Juristen, ließ Daddy diesen Dornhagen sogar rauswerfen."

Die verweinte Gattin des Toten rührt sich und will mit weit aufgerissenen Augen wissen: „Glauben Sie einer von denen hat meinen Mann auf dem Gewissen?"

„Nein, diese Herren wurden auf die gleiche Art getötet."

„Oh nein!", schreit die alte Frau auf. „Das ist der Fluch dieses Verwirrten."

„Wen meinen Sie?"

Auch die Tochter schaut ihre Mutter verblüfft an.

„Es war einer der ersten Straffälle meins Mannes den er als selbständiger Anwalt führte. Da hatte der..., der ich weiß nicht..., ach doch Meinrad glaube ich. Kurt beschuldigt, ihn reinzureiten."

„Meinrad? Wie noch?" Karlheinz fiebert. Gibt es da endlich die Spur zum Täter?

„Das weiß ich nicht. Kurt sprach immer nur vom verwirrten Meinrad."

„Wann war das?" Wenigstens das Jahr hofft Karlheinz zu erfahren, damit Gerlinde in den Akten leichter den Vornamen findet.

„Das ist ewig lang her. Vielleicht dreißig Jahren oder noch früher. Kurt hat die Kanzlei vor dreißig Jahren aufgemacht. Es war schrecklich. Ich war damals im Gerichtssaal um meinen Mann zu sehen."

„Was fanden Sie so schrecklich?"

„Diesen weinenden jungen Mann der immer nur jammerte, dass er es nicht war. Das er unschuldig sei. Als er seinen Fluch sprach, lief es mir kalt über den Rücken."

„Er schrie einen Fluch?" Karlheinz stellt sich einen brüllenden Verurteilten im Gerichtssaal vor.

„Er schrie nicht. Er sagte ganz ruhig: Gott wird euch strafen und mit einem Blitz spalten."

„Meinrad?"

„Ja, Kurt hat ihm gut zugeredet, endlich zu gestehen, damit er mildernde Umstände verlangen kann. Aber der Kerl blieb stur."

„Danke, wir werden nach Meinrad suchen."

Doris hat die Spuren, die wieder vorhanden sind, gesichert. „Die Forensik wird ihre Freude haben. Es ist immer wieder das gleiche Gemisch an Genfragmenten. Bei der Professorin hatte er etwas Blut vom Wirtschaftsjuristen hineingemischt. Diesmal sind Hundehaare dabei."

„Wieso weißt du, dass es Hundehaare sind?"

„Weil ich diese dunklen Haare schon früher sah. Da hatte die Untersuchung ergeben, dass sie von einem Hund stammen."

„Lass uns jetzt abschließen. Jürgen soll am Montag weiter entscheiden." Karlheinz beeilt sich. Er will rechtzeitig zum Mittagessen seiner Mutter kommen.

Marcus ist schon da. „Endlich, ich dachte mir gleich, dass du herumtrödelst. Deine Mutter ist auch schon erbost."

Annemarie aber lacht, „so schlimm ist es nicht. Ich fürchtete nur um die Forellen. Die sind bereits gar."

„Dann lasst uns den Fisch genießen", strahlt Karlheinz. Er will wenigstens am Nachmittag entspannen.

Am frühen Nachmittag kommt die nächste Meldung herein. „Eine Leiche hinter den Sträuchern, bei einem Kinderspielplatz, in der Josefstadt."

Karlheinz seufzt, „ich bin gleich dort."

„Ich sag nichts, ich sag wirklich nichts", murrt Marcus.

Annemarie schmunzelt höflich. „Es ist Karlheinz´ Beruf."

Doktor Müller und Doris erwarten Karlheinz mit verbissenem Gesicht. Gerade hat wieder ein starker Regen eingesetzt. Die arbeitende Gruppe schaut in den schwarzen Regenmänteln wie eine Schar Krähen aus.

„Die siebente Leiche. Was treibt ihr, dass ihr den Kerl nicht fasst?" Müller ist mehrfach empört. Nicht nur, dass sich in seinem Kühlhaus die Leichen stapeln, sondern auch dass er laufend sonntags, noch dazu bei diesem Sauwetter raus muss.

„Wer ist es?", stellt Karlheinz die Frage an Doris.

„Na wer schon. Unser Spaltmörder. Der übliche Hieb."

„Ich meine, wer ist das Opfer?"

„Das festzustellen ist Ihre Aufgabe, Herr Bezirksinspektor", erwidert Doris schnippisch.

Karlheinz spürt wie ihn die Zwei verantwortlich für die Morde halten und wehrt sich. „Ich kann doch nichts dafür, Frau Gruppeninspektor. Wenn du schon bissig bist, solltest du auch, du zu mir sagen."

„Klar, Karlheinz. Es ist dieser eklige kalte Regen, der mich so frostig macht."

Karlheinz versucht es mit einem strahlenden Lächeln. „Wer hat die Leiche gefunden?"

„Ein Hund. Sein Frauchen hat ihn von der Leine gelassen, da sowieso keine Kinder hier sind. Angeblich war noch ein Hund in der Nähe. Drüben bei den Bänken lümmeln sonst immer die Penner herum, aber bei diesem Wetter suchten sie sich ein trockeneres Plätzchen."

Müller stört sie: „Also wenn ich die Kälte und den Schlamm berücksichtige, liegt die Frau hier mindestens zehn Stunden."

„Danke. Herumfragen erübrigt sich. Da bei dem Wetter nicht einmal ein paar Schaulustige gekommen sind."

„Du willst jetzt abhauen?", höhnt Doris. Sie muss noch weiter machen.

„Ja, ins warme Büro. Mit dem Leichenfoto hoffe ich, unter den Suchmeldungen die Frau zu finden."

Karlheinz ist alleine im Büro und geht die Vermisstenanzeigen durch. Nach zwei Stunden gibt er auf. Keine der Angaben passt.

Am Abend empfängt ihn Marcus verstimmt. „Siehst du es endlich ein?"

„Was soll ich einsehen?"

„Das diese Polizeiarbeit unserer Beziehung schadet. Ich habe diese versauten Wochenenden satt."

„Schatz es ist nicht so oft. Ich war im Büro und wollte noch diese Frau finden." Zum Beweis knallt Karlheinz das Foto der Leiche auf den Tisch.

„Das ist Klara Flott. Die wohnt bei der Votivkirche. Wo hast du sie gefunden?"

Karlheinz muss schlucken. Da sucht er im Büro zwei Stunden vergeblich und Marcus kennt die Frau. „Du kennst sie?"

„Ja eine Bankkundin. Sie hat eine kleine Witwenrente. Ihr Bub wurde vor zwanzig oder dreißig Jahren von einem Perversen erwürgt."

„Gott sei Dank. Jetzt kann ich am Montag einen kompletten Akt vorlegen. Jürgen hasst es, wenn das Opfer unbekannt ist."

„Ja natürlich. Wenn Jürgen etwas hasst, bist du besorgt. Dass ich es hasse, wenn du nicht bei mir bist, ist dir egal."

„Bitte habe mich lieb. Ich bin müde."

„Das auch noch. Ein müder Partner", grollt Marcus.

12 Montag

Jürgen kommt ins Amt. Das Erste, was er auf seinem Schreibtisch vorfindet, sind die zwei neuen, von Karlheinz angelegten, Akte.

„Oh, Gott. Den Strafverteidiger soll Gerlinde gleich mit in ihr Suchprogramm einflechten." Ermittler, Staatsanwalt und Strafverteidiger. Es können nicht mehr viele Verurteilte sein, auf die der Fall zutrifft.

„Ich habe schon begonnen", Gerlinde hat den leisen Seufzer des Chefs gehört.

„Ich war gestern nicht mehr in der Wohnung der Frau. Soll ich jetzt gehen, oder gehst du?", ruft Karlheinz zu Jürgen rein.

„Gehen wir gemeinsam. Ich warte nur noch auf Max. Wo ist er denn?"

„Der ist bereits zu Bernd Ebner unterwegs", schreit Gerlinde.

„Brauchst nicht so zu schreien. Wenn die Türe offen ist, höre ich es auch so."

„Ich habe Max nicht gestoppt, da Ebners Pflichtverteidiger Millowitsch war."

„Prächtig Gerlinde. Ich bin neugierig was Max erfährt. Komm Karlheinz lass uns gehen."

Sie finden die Wohnung in der Garnisongasse. Düster, dafür mit dreieinhalb Meter hohen Räumen. Zwei große Zimmer und ein Kabinett. Im Kabinett erleben sie eine Überraschung. Es ist wie in einer Gruft. Vorm Fenster hängen dunkle dicke Vorhänge. An der einen schmalen Wand steht ein Altar. Vor dem Altar vier brennende Kerzen. Bilder eines kleinen Jungen und von einem jungen Mann. Auch Zeitungsberichte hängen an den Wänden.

„Konzentriere dich darauf, was du hier in dem Raum findest. Ich verstehe zwar nicht, weshalb diese Frau ermordet wurde, aber es hängt sicher mit diesem Buben zusammen."

„Ja, die Berichte besagen, dass das Kind von diesem Mann an der Wand, missbraucht und erwürgt wurde."

„Wie heißt der Mann?"

„Meinrad Sobotka, vierundzwanzig Jahre alt." Karlheinz löst die Zeitungsausschnitte und Bilder von der Wand, um sie mitzunehmen.

„Ruf Gerlinde an", Jürgen ist nervös. „Den Sobotka befragen wir. Gerlinde soll feststellen, ob und wann er verurteilt wurde. Ich fürchte, der Richter ist das nächste Opfer."

„Da ist ein Zeitungsausschnitt, in dem die rasche Ermittlung des Major Dornhagen gelobt wird."

„Das ist unser Spaltmörder", jubelt Jürgen. „Gib sofort die Fahndung nach ihm raus."

Karlheinz ruft gleich vom Handy Gerlinde an: „Such bitte den Missbrauchsfall Meinrad Sobotka heraus. Das ist unser Täter."

Sie eilen ins Landeskriminalamt zurück. „Gerlinde hast du den Akt herausgesucht", brüllt Jürgen, kaum dass er durch die Bürotür rein ist.

Gerlinde strahlt, „Ja eine Kopie liegt auf deinem Schreibtisch. Der Fall liegt aber sechsundzwanzig Jahre zurück und Sobotka wurde bereits vor acht Jahren entlassen. Sonst stimmt vieles. Ermittler, Staatsanwalt und Verteidiger sind, wie auch die Zeuginnen Helene Krause und Klara Flott, im Akt vermerkt."

„Was wollen wir mehr. Hole ihn dir Max", jubelt Jürgen.

„Es gibt ihn nicht. Keine Adresse", bremst Gerlinde. „Wegen des Richters brauchst du dir keine Sorgen machen der ist vor Jahren am Suff gestorben."

„Was ist mit dem Wirtschaftsjuristen und der Psychologin?"

„Die scheinen namentlich nicht im Akt auf. Obwohl es ein psychologisches Gutachten gibt. Seltsamerweise wurde es von der Verteidigung ohne eine Namensangabe des Gutachters beigebracht."

„Ich schaue mit den Akt an, ob ich irgendeine Unstimmigkeit entdecke. Max du unterstützst Gerlinde bei der Suche nach Sobotka. Irgendwo muss er doch aufscheinen. Sozialstellen führen auch Namenslisten."

„Die Sozialhelfer zeigen die Listen nur nicht her. Uns schon gar nicht", murrt Max. „Ich hatte dafür ein aufschlussreiches Gespräch mit Ebner. Lest meinen Bericht."

Max war bei dem inzwischen 40-Jährigen Bernd Ebner.
„Guten Tag Herr Ebner. Hauptmann Schubert vom Landeskriminalamt. Ich habe ein paar Fragen an Sie."
Bernd der Max im Pyjama gegenüber sitzt. Ist ganz ruhig.
„Was wollen Sie wissen?"
„Es geht um Ihren Fall. Ermittelt hatte Dornhagen, angeklagt hatte Sie Gantar und verteidigt Millowitsch."
„So ist es, drei honorige Gauner. Ich habe gar nicht erst eine Revision des Urteils versucht. War alles vergeblich."
„Sie finden, dass das Urteil ungerecht war?"
„Es war Notwehr. Mein Verteidiger riet mir: Ich solle einfach gestehen, damit ich mit einer milden Strafe wegen Totschlag davon komme."
„Sie wurden wegen Mord verurteilt", stellt Max richtig.
„Der Staatsanwalt ist nicht davon abgegangen. Mein bei der Polizei gemachtes Geständnis hatte er gegen mich verwendet."
„Haben Sie es nicht wiederrufen?"
„Doch, bei Gericht. Dornhagen hatte Zeugen gefunden die bestätigten, wie ich angeblich mit dem Mord prahlte."
„Haben Sie vor Ihrer Festnahme über den Mord gesprochen?"
„Natürlich nicht. Ich war nachdem mich der Kerl überfiel wie geschockt. Der schwere gläserne Aschenbecher glitt mir fast in die Hand, als ich nach hinten gebeugt halb am Tisch lag."
„Mit dem Aschenbecher haben Sie zugeschlagen?"
„Richtig. Was wollen Sie jetzt nach sechzehn Jahren noch wissen?"
„Die drei Herren wurden vergangene Woche nacheinander ermordet."
„Ha, ha, daher weht der Wind. Und ich hoffte schon, dass sich endlich jemand der Sauerei annimmt, dabei wollen Sie mich als Mörder verhaften."

„Nein, ich will Sie nicht verhaften, nicht einmal festnehmen, sondern nur Ihre Alibis überprüfen. Dann bin ich weg."

Von den sechs Tatzeiten kann Bernd für drei ein stichfestes und für zwei weitere ein ungefähres Alibi angeben.

Als Max geht, „übrigens wir rollen Ihren Fall wieder auf."

„So viele Umstände wegen eines alten Knacki?", kommt es bitter von Bernd.

„Wir fürchten, dass es mehrere Fälle mit Unklarheiten gibt. Schreiben Sie zusammen, was für Sie spricht, beziehungsweise was Ihrer Meinung nach nicht korrekt war. Es wird sich Frau Inspektor Frauling bei Ihnen melden."

13 Dienstag

Jürgen hat zum Aktenstudium eingeladen. „Wir müssen diesen Kindsmord nacharbeiten. Das ist der Schlüssel, warum diese Morde stattfanden? Das Geheimnis liegt darin verborgen."
Max meldet: „Die Fahndung nach Meinrad Sobotka ist seit gestern draußen. Wir haben nur kein aktuelles Foto. Das letzte Bild von ihm, wurde in der Strafanstalt gemacht. Es ist bereits zehn Jahre alt."
„Ich bin der Behauptung, des verdächtigen Harry, nachgegangen. Er behauptet: Die Professorin Klauber erstelle gegen Geld Gefälligkeitsgutachten." Gerlinde schüttelt den Kopf. „In den Unterlagen scheint dieser Vorwurf nirgends auf."
Max grinst höhnisch zu Jürgen. „Sein Anwalt ist Reinhard, dein Liebling."
Jürgen klopft mit der Rechten auf die Tischplatte. „Ob mir Reinhard verrät, was es mit dem Gutachten auf sich hat? Bei Diebstahl ein psychologisches Gutachten? Das habe ich bisher noch nicht gehört."
Karlheinz schmunzelt: „Willst du, dass ich ihn aushorche? Eigentlich könnte Marcus den Anwalt mit seinem Freund zum Essen einladen."
„In Meinrads Akt wird ein Gutachten erwähnt. Es liegt aber nicht bei." Gerlinde stöbert, ob sie es nicht an einer anderen Stelle im fünfhundertseitigen Akt findet.
„Kann es sein, dass die Professorin das fehlende Gutachten erstellte? Dann passt sie auch ins Schema. Es fehlt uns nur der Zusammenhang mit diesem Horst Jobst." Jürgen murmelt für die anderen Unverständliches. „Wie immer. Suchen wir nach Meinrad. Der wird uns schon erzählen, warum er all die Leute umbrachte."

Karlheinz sucht am späten Nachmittag Doktor Schreiner auf. Es ist noch immer eine kleine Kanzlei mit zwei Mitarbeitern. Die Möbel sind modern und einfach. Reinhards Klientel sind einfache Leute, die meist das erste Mal das Gesetz verletzten.

„Guten Tag Herr Doktor", grüßt Karlheinz, nachdem ihn die Dame aus dem Vorzimmer anmeldete.

„Servus Karlheinz. Warum bist du so förmlich?"

„Ich suche einen Mörder und benötige ein paar Auskünfte."

„Du suchst immer einen Mörder", lacht Reinhard. „Gehen dem Herrn Major eigentlich nie die Leichen aus?"

„Nein, unser Gerichtsmediziner beschwert sich schon, weil seine Kühlschränke überquellen."

„Nun frag mich halt. Ich helfe dir gerne. Aber nur soweit du nichts Internes aus meiner Kanzlei wissen willst."

„Ich weiß, deine Schweigepflicht. Was hältst du von einem Abendessen um neunzehn Uhr bei uns. Marcus freut es sicher. Deine Konten findet er wahrscheinlich interessant."

„Hm, ich habe noch nichts vor. Lass mich Rudolf anrufen, ob er kann. Er ist doch mit eingeladen, oder?"

„Natürlich, die Einladung gilt für euch beide", beeilt sich Karlheinz zu bestätigen.

„Schön, einen Moment." Reinhard telefoniert. Während des Gesprächs nickt er Karlheinz zustimmend zu.

„Fein ihr kommt. Ich bin dann wieder weg." Karlheinz geht.

Fast ist Karlheinz zu spät dran. Als er heimkommt, richtet Marcus ein Essen. „Oh, du hast begonnen? Wir bekommen zwei Gäste."

„Wann? Du schaffst es immer wieder, mich auf die Palme zu bringen." Marcus bindet sich wütend die Schürze ab.

„Um neunzehn Uhr. Ich habe mehr als zwei Stunden Zeit. Wie ich sehe, überlässt du mir die Küche." Karlheinz deutet auf die Schürze, die Marcus auf den Stuhl warf.

„Ja, ich habe Melonen mit Frischkäse für unseren Nachtisch fertig. Denk dir etwas für vorher aus."

„Ich werde Faschiertes auf indische Art machen. Faschiertes habe ich fertig und brauche nur noch Paprika und Tomaten dazugeben."

„Vergiss es nicht richtig scharf mit Curry zu würzen. Sind es scharfe Gäste?"

„Ein Anwalt mit seinem Freund. Beknie ihn und hole ihn mit seinem Geld zu deiner Bank."
„Ist er nicht der Mörder, den du gerade suchst?"
„Nein er nicht, aber vielleicht einer seiner Klienten."
„Deshalb die Einladung." Zynisch zieht sich Marcus zurück und überlässt es Karlheinz das Menü zu fertigen.

Reinhard kommt mit seinem Freund Rudolf pünktlich um 19 Uhr. Beide erscheinen festlich in einem dunklen Anzug mit Krawatte. Marcus, der sich leger umzog, öffnet ihnen die Tür. Vor Monaten hat Reinhard Marcus als Verteidiger vertreten. Doch, da es zu keiner Verhandlung kam, hatten sie sich nur einmal kurz gesehen.
„Hallo, Sie müssen Doktor Schreiner sein?" spricht Marcus den Älteren an.
„Ja, ich bin Reinhard. Mein Freund Rudolf." Reinhard übergibt Marcus das Mitbringsel.
„Klar, Reinhard ich bin Marcus. Kommt weiter. Ich habe euch einen Martini vorbereitet. Karlheinz ist gleich fertig."
„Karlheinz hat uns heute sehr spontan eingeladen. Passt es dir eigentlich?", will Rudolf wissen.
„Aber sicher, Karlheinz sucht einen Mörder. Da ist er immer unberechenbar."
Reinhard grinst spöttisch. „Mir hat er vorgemacht, dass du Bankkunden jagst."
„Mich hat er damit besänftigt, indem er behauptete du kommst mit deinen Konten zu mir."
„Warum nicht? Reden können wir darüber", lacht Reinhard.
„Wie ich allerdings Karlheinz bei seiner Mörderjagd helfen kann, weiß ich nicht."

Sie gehen zu dem von Marcus gedeckten Tisch. Karlheinz serviert eine Zwiebelsuppe die er, innerhalb einer halben Stunde, fertigte. Sie plaudern über das wechselhafte Wetter. Gleich ist es sonnig und mild, dann wieder regnerisch trüb und kalt. Nach der Suppe holt Karlheinz das indische Fleisch aus der Küche.

„Hast du auch ein Anderkonto?" Marcus weiß nicht viel über den Anwalt. Er fragt sich deshalb: Hat so ein Strafverteidiger viel Geld?

„Habe ich, ein paar Kunden wickeln auch ihre Kaufverträge bei mir ab. Auch kleine Gauner kaufen Häuser und leben in Wohnungen", lächelt Reinhard sanft.

„Du betonst das: Kleine Gauner. Verteidigst du denn keine Mörder?"

„Sicher, deshalb will mich Karlheinz sprechen. Stimmt's Karlheinz?"

Karlheinz stellt die Schüssel mit dem Reis auf den Tisch. „Mich interessiert, wann und weshalb man psychologische Gutachten erstellt?"

„Das dachte ich, ist doch klar. Bei Mord geht es darum, ob der Beklagte zur Tatzeit unzurechnungsfähig war, oder ob er vorsätzlich tötete."

„Bei anderen Straftaten, wie zum Beispiel Einbruch oder Diebstahl?" Karlheinz erwähnt absichtlich nicht Barners Freund Harry.

„Von den Dieben, die ich vertrete wurde bisher noch keiner psychiatriert", lacht Reinhard. „Ich wüsste auch nicht, wie ich mit einem Gutachten, eine Strafmilderung heraushole."

„Wenn zum Beispiel der Dieb ein Kleptomane ist. Das ist doch krankhaft?"

Reinhard lacht voll auf. „Die Idee ist fantastisch. Ich muss das ins Auge fassen. Euer Ehren, sprechen Sie meinen Mandanten frei, er ist Kleptomane."

Reinhard verschluckt sich vor Lachen. Marcus serviert seinen Nachtisch.

„Ihr versteht zu speisen", meint beeindruckt Reinhard.

Karlheinz wurde klar: Der Grund den Barner und sein Freund für den Universitätsaufenthalt angaben war gelogen. Er lässt die Gäste fertig essen, bevor er sie mit der nächsten Frage konfrontiert.

„Sagt dir Dorothea Klauber etwas?"

„Ist das die vergangene Woche ermordete Psychologin?"

„Genau. Sie stellte Gutachten fürs Gericht her."

„Ach ja? Auf der Liste der zugelassenen Gutachter scheint sie nicht auf."

„Nun, sie ist emeritiert. Früher war sie angeblich sehr aktiv."

Reinhard schüttelt den Kopf. „Wann früher? Ich kenn die Frau nicht."

„Wenn du von ihr ein Gutachten bekommst…"

Ungehalten unterbricht Reinhard, „wertlos. Worauf willst du hinaus?"

„Das weiß ich selbst nicht", gesteht Karlheinz. „Sie wurde ermordet und wir vermuten, dass es mit einem Gerichtsgutachten zusammenhängt."

„Das kann ich mir nicht vorstellen. Aber ich mache dir einen Vorschlag. Ich höre mich um ob einer meiner Kollegen, oder meiner Mandanten mit dieser Klauber zu tun hatte."

„Danke das wär es schon. Entschuldige, dass ich nervte."

„Ach nicht der Rede wert. Lasst uns über unsere Freunde herziehen."

Alle lachen und es wird, da Karlheinz keine weiteren Fragen stellt, ein harmonischer Abend.

14 Mittwoch

Jürgen kommt zufrieden ins Amt. Er ist überzeugt, die Mordserie hat ihr Ende gefunden. Die in dem Akt aufscheinenden Akteure sind bereits ermordet. Die Rache ist getan. Seit zwei Tagen wurde auch kein neuer Mord begangen. Die Presse hat sich beruhigt und neuen Schlagzeilen zugewandt. Auch der Leiter des Landeskriminalamtes, Brigadier Claudius Brenner nervt nicht länger.

„Also Jürgen ich fürchte, du wirst die Akte der sieben Morde als unerledigt in die Ablage geben", war sein Kommentar.

„Das Claudius würde dir gefallen, mir einen schwarzen Punkt zu verpassen", murrt Jürgen.

„Nicht doch Jürgen. Wenn's ein Problem gibt, stehe ich hinter dir. Gelöst hast du ja den Fall. Nur ist eben der Mörder nicht greifbar."

Karlheinz schreibt eine Aktennotiz über sein Gespräch mit Rainhard, ohne ihn namentlich zu nennen.

Max liest es und meint, „schau, schau, die Zwei Burschen haben gelogen. Ich werde nachstoßen und aus ihnen die Wahrheit herauskitzeln."

Jürgen zieht sein Schnoferl, immer wen er eine neue Spur wittert. „Wirklich interessant. Was wenn es zwei Rächer in zwei verschiedenen Gruppen sind. Die Klauber hat mit diesem Harry zu tun und Gantar mit dem Julian. Dann frage ich mich, was hat Meinrad mit der Sache zu tun?"

„Ich mache mich auf und frage in der Werkstätte nach. Dort haben mehrere eine Wut auf einige unserer Opfer." Max fährt ab.

Diesmal fährt Max mit Blaulicht vor und hat eine Streife mitgebracht. Der Tischler stürzt heraus.

„Jetzt werden Sie aber lästig. Was wollen Sie schon wieder?"

„Sie sagen es. Heute werde ich von allen ihrer Mitarbeiter die Personalien aufnehmen. Richten Sie mir bitte die Personalunterlagen der Leute her."

„Was? Wieso? Das verstehe ich nicht." Der Chef stammelt und schaut sich unsicher nach den inzwischen zusammengelaufenen Arbeitern um.

„Herr Barner und Harry Most haben uns falsche Angaben zu Protokoll gegeben. Letztens habe ich Sie nach Frau Professor Klauber gefragt. Sie sind mir die Antwort schuldig geblieben."

„Ich kenne doch keine Professorin. Was wollen Sie von mir wissen?"

„Ihre Schützlinge. Wie kommen Sie zu Ihnen?"

„Die jungen Straftäter haben bei mehrjähriger Haftstrafe die Möglichkeit einen Beruf zu erlernen. In der Strafanstalt in Hirtenberg können die Straftäter bei einer Mindeststrafe von vier Jahren eine Tischlerlehre abschließen. Die Burschen die das gemacht haben schickt mir der Anstaltsleiter nach ihrer Entlassung her."

„Jeden?"

„Ja, ich kann natürlich nicht jeden aufnehmen. Aber es rentiert sich, da ich mir die Besten aussuche."

„Diesmal nehme ich Barner und Most mit."

Der Tischler seufzt und zuckt mit den Achseln.

Im Landeskriminalamt nimmt sich Jürgen die zwei Männer vor. Karlheinz assistiert ihm. Väterlich freundlich stellt Jürgen dem ängstlich zitternden Harry seine Fragen.

„Herr Most, Sie haben doch nichts zu verbergen. Was also machten Sie in der Universität? Wieso wart ihr in der Aula?"

Der junge Mann errötet wie ein Schulbub. „Es ist Siglinde. Sie wohnt im Haus der Tischlerei und arbeitet in der Universität. Ich habe mich bisher nicht getraut sie anzusprechen."

„Sie haben vor ihrem Büro gelauert?"

Harry nickt. „Julian sollte mir Mut machen. Ich bin trotzdem nicht zu ihr hinein."

„Warum haben Sie das nicht gleich erzählt? Wie kommen Sie auf das Märchen mit Professorin Klauber?" Für Jürgen ist es nur eine neue Geschichte und nicht die Wahrheit.

„Ich habe das vom Mord in der Zeitung gelesen. Julian meinte, ich soll es so sagen."

„Stand es schon in der Zeitung?" Jürgen zweifelt immer mehr. Harrys Befragung fand doch unmittelbar danach statt.

„Ja sicher. Der Herr Inspektor hat ja auch davon gesprochen", setzt Harry hastig nach.

„Führt ihn ab. Ich höre mir vorher an, was sein Freund Barner fantasiert."

Karlheinz winkt schmunzelnd dem uniformierten Beamten zu. Der Greift Harry unter den Arm und zieht ihn vom Stuhl hoch.

Julian wird herein geführt. Der große kräftige Mann hat viel von seiner Selbstsicherheit verloren. Trotzdem setzt er sich ruhig und gefasst hin.

„Ein Geständnis haben wir schon. Wie schaut es mit Ihrem aus?" Jürgen stößt fordernd vor.

Langsam und zögernd kommt die Antwort. Jürgen ist schon versucht nachzustoßen. Julian murmelt, „da gibt es nichts zu gestehen. Harry ist vorbestraft und schämt sich. Können Sie das nicht verstehen?"

Jürgen grunzt. „Ich will wissen, was hattet ihr in der Aula bei der Leiche zu suchen?"

„Da gab es keine Leiche. Wir waren nachts zu Hause."

Jürgen richtet sich halb im Stuhl auf. Karlheinz hat ihn noch nie so aufgeregt gesehen. „Ein Alibi, das ihr euch gegenseitig gebt."

Julian kriecht in seinen Sessel zurück. „Warum sollten wir die Professorin töten? Wir kennen sie doch nicht."

„Woher kennst du Meinrad Sobotka?" Jürgen probiert es mit Vermutungen und hat Erfolg.

Julian wird aschfahl, er beginnt zu zittern und zu schwitzen.

„Von wem reden Sie. Meinrad? Sollen wir den auch ermordet haben?"

Da stürzt Gerlinde herein. „Ein weiterer Mord!", quietscht sie.
Jürgen lässt Julian ebenfalls abführen. „Ich mache später mit
dir weiter", murmelt er, als er den Verhörraum verlässt.

Es ist zwölf Uhr Mittag, da trifft ein anonymer Anruf aus einer
der letzten noch existierenden öffentlichen Telefonzellen in
der polizeilichen Notrufzentrale der Polizei ein.
„Es gibt eine Leiche, im sechsten Stock des neuen Towers, am
Donaukanal."
Die Polizeistreife, der Polizeistation Pasettistraße, erscheint im
Büro der Firma Nordern Export GmbH und meldet sich beim
Empfang. „Wir haben einen Anruf erhalten, hier im sechsten
Stock soll eine Leiche liegen."
Die attraktive brünette Frau am Pult lächelt die Polizistin an.
„Ich bin's nicht. In welchem Büro soll die Leiche sein?"
„Das weiß ich nicht. Dürfen wir durch die Räume gehen?"
„Warum nicht. Jonathan wird euch begleiten."
Jonathan kommt und führt die zwei Streifenpolizisten durch
die Räume der Firma. Nirgends eine Leiche, doch ein Raum
ist versperrt.
„Was ist da drin?"
„Das Büro vom Chef. Von Herrn Nordern."
„Können Sie öffnen?"
„Schon, nur es ist dem Chef sein Büro?" Jonathan wehrt sich
ängstlich.
„Bitte! Wir werfen nur einen Blick hinein. Dann haben wir
unsere Pflicht getan und sind wieder weg."
Jonathan holt den Schlüssel und sperrt auf. Mitten im großen
Raum liegt auf dem Bauch das Opfer. Es ist Herr Nordern.
Eine tiefe unübersehbare Wunde vom Hals in das Schulterblatt
zeigt den Beamten, hier ist jede Hilfe zu spät.
Die Polizistin meldet es ihrem Vorgesetzten in der Polizei-
inspektion.
„Wie sagtest du? Eine Verletzung an der Schulter? Ruf im
Landeskriminalamt Pospischils Büro an. Ich verständige die

Einsatzgruppe." Der Mörder und die Art des Mordes sind allen Wiener Polizisten bekannt.

Gerlinde nimmt den Anruf der Kollegin entgegen und murmelt entsetzt, „es geht weiter. Was will der Verrückte?"
Jürgen ist fast zum Weinen zumute. „Ich war mir sicher, dass es mit dem Kindermord zu tun hatte. Er hat doch bereits alle, die im Akt erwähnt wurden, getötet. Such bitte, was dieses neue Opfer mit unseren bisherigen Fällen verbindet."
Max stellt sich zu Verfügung. „Komm Gerlinde lass uns den Kindsmord komplett und unvoreingenommen nochmals durchgehen. Wenn es Unregelmäßigkeiten gab, müssen wir diese aufdecken und an die Öffentlichkeit bringen. Ich glaube, das verlangt der Mörder."
Jürgen nickt zustimmend. „Karlheinz kommst du mit mir."
Gerlinde bemerkt, „es gibt wahrscheinlich mehr Beteiligte als im Akt stehen, wie diesen Jobst der scheint auch nirgends auf."

Jürgen betritt mit Karlheinz die Firmenräume und findet die übliche Geschäftigkeit der Spurensicherung vor.
„Schaust du noch kurz?", empfängt Doktor Müller Jürgen an der Türe. „Ich habe genug untersucht. Der gewohnte Anblick und wahrscheinlich wieder kurz vor Mitternacht."
„Danke Doktor. Mich interessiert nur noch wie er liegt, dann transportiert ihn ab."
„Er wurde diesmal nicht umgedreht. Der Mann liegt, wie er fiel."
Karlheinz sieht Doris. „Jetzt weiß ich, warum der Spalter zwei Tage aussetzte. Du hattest bis heute frei."
„Ich habe in der einen Lade etwas Erstaunliches gefunden", entgegnet Doris.
„Was?", rufen Jürgen und Karlheinz wie aus einem Mund.
Doris strahlt, „Kinderfotos. Kleine Buben und Mädchen, alle nackt."

Jürgen schaut sich den Inhalt der Lade an. Säuberlich geordnet in vier Karteikästchen befinden sich alphabetisch geordnet hunderte Fotos. Verschieden bunte Karteireiter weisen auf eine unterschiedliche Bedeutung hin.

Karlheinz findet in der Lade auf der anderen Seite des Schreibtisches zwei schwarze Büchlein. In dem einen Buch stehen viele Namen und Adressen mit Zahlen und Kürzel versehen. In dem anderen Buch Zahlen die Karlheinz, erst als er sie genauer prüft, als versteckte Buchhaltung erkennt. Bald kann er die Kürzel des einen Buches mit den Geldangaben des anderen Buches vergleichen.

„Jürgen dass ist interessant. Die Bücher muß Gerlinde genauer durcharbeiten. Da gibt es Zahlungen an Dorothea Klauber."

„Nimm die Bücher mit. Ich nehme die Karteikästen mit."

Doris weist noch darauf hin. „Die Laden waren aufgezogen, als ob der Mörder uns bittet den Inhalt zu beachten."

Jürgen nickt, „Kinderfotos, Kindermorde. Eine Gruppe von Pädophilen."

Beim Hinausgehen stolpert Karlheinz fast über den jungen Hund am Gehsteig. Er erinnert sich an Justus Erzählung. „He, suchst du noch immer ein Herrl?"

Wieder hört Karlheinz einen leisen Pfiff und der Hund saust davon.

Im Büro übernimmt Gerlinde die Unterlagen. Sie listet die Aufzeichnungen in ihrem PC auf und sortiert die Fakten.

„Ein Wahnsinn", schreit sie nach zwei Stunden auf. „Das ist ein Päderastenverein. Der Herr Nordern zahlte regelmäßig an mehrere Leute. Darunter sind auch Dornhagen, Gantar und Klauber."

„Nun die Klauber wird doch nicht zu dem Verein gehören?", wirft Jürgen ein.

„Nein zum Verein gehört nur Gantar. Die anderen zwei sind, wie noch ein paar Leute im Buch, Unterstützer."

„Woran erkennst du das?"

„In der Kartei sind die Adresskarten mit farbigen Reitern gekennzeichnet, und haben eine unterschiedliche Bedeutung. Von einer, der größten Gruppe gehen laufend Beträge auf das Konto. Es ist eine perfekte altmodische Buchhaltung. Wer die zahlenden Personen sind muss ich noch herausfinden.

Karlheinz stellt nervös die nächste Frage. „Ist der kleine Josef Flott in der Kartei?"

Gerlinde sucht und jubelt auf. „Ja, er hat einen weißen Reiter, wie noch ein paar Kinder. Ich werde nachforschen, ob diese Mädchen und Buben auch ermordet wurden."

Jürgen, an vieles gewöhnt, wird blass. „Ich glaube, wir haben es mit einem komplizierteren Fall zu tun."

Max, der Gerlinde bei dem Sortieren der Karteikarten hilft, murrt, „unser verrückter Spaltmörder hätte sich doch an uns wenden können. Warum betreibt er Selbstjustiz?"

„Wem kann er bei uns vertrauen? Gerlinde wir müssen auch alle Polizisten, die als Geldempfänger aufscheinen, anzeigen."

„Ich werde eine Liste für die Interne erstellen. Bis jetzt habe ich nur vier Polizisten, die noch aktiv sind, gefunden. Es scheint neben Dornhagen noch ein weiterer pensionierter Oberstleutnant auf."

Jürgen holt tief Luft bevor er seine Theorie erklärt. „Unser Spalter hat viel ermittelt. Er hat mehr herausbekommen als wir. Dabei waren es unsere Kollegen, die diese Verbrechen deckten. Das derzeit alle Spuren zu diesem unauffindbaren Sobotka führen ist geplant, um uns in die Irre zu führen. Oh, verdammt!", schreit Jürgen auf. „Wir sind noch immer keinen Schritt weiter."

Karlheinz wagt eine Bemerkung. „Bohr bei Barner weiter. Er hat damit zu tun."

„Vergiss es. Der Kerl ist doch zu blöd für solch umfassende Recherchen."

„Wahrscheinlich, aber ideal um die Taten auszuführen. Wer sagt dir, dass der Rächer nicht aus einer Gruppe besteht?"

„Das habe ich schon einmal gehört. Die Idee ist gut. Lassen wir ihn und seinen Freund eine Nacht im Kotter schmoren. Morgen sehen wir weiter."
Alle atmen auf. Jeder freut sich auf den Feierabend.

Gerlinde wird am Abend von Roland ausgeführt. Er leistet sich ein teures In Lokal im Wiener Stadtzentrum. Gerlinde ist begeistert vor allem weil es sie ablenkt. Die schrecklichen Entdeckungen, die sie im Amt machte belasten Gerlinde sehr. Missbrauchte und ermordete Kinder bringen sie noch immer zum Weinen.
Nachdem sie bestellten. „Hast du deine Kollegen zur Hochzeit eingeladen? Werden sie in die Steiermark kommen?"
„Ich habe ihnen nur gesagt, dass ich heirate. Meine Familie ist etwas verwirrt, weil es so weit weg ist. Aber einige werden kommen."
„Es wird ernst. Wir heiraten am kommenden Mittwoch. Du musst mir endlich sagen, wer aller kommt. Ich ließ vorläufig sechs Doppelzimmer und vier Einzelzimmer reservieren."
„Ich erledige es gleich morgen Früh."
„Fein, bitte schalte jetzt ab, du schaust so verbissen", lächelt Roland, der seine Liebste kennt.
„Das tue ich. Manchmal wünschte ich mir wirklich, woanders zu arbeiten."
„Bei der Bahn gibt es eine Sicherheitsgruppe. Warum bewirbst du dich nicht bei uns?"
Gerlinde bricht in ein Gelächter aus. „Du fängst ja wie Marcus an."
„Marcus? Wer ist das?"
„Das ist Karlheinz´ Partner, der will seinen Freund auch zur Bank abwerben."
„Ich fürchtete schon, er wirbt um dich", seufzt Roland auf.
„Fein, du bist eifersüchtig. Lass uns nun das Menü genießen."
Gerlinde beginnt sich zu lockern. Später allerdings kommt sie auf den Fall zu sprechen. „Es ist Kindesmissbrauch und das im

großen Stil, wahrscheinlich bereits über Jahrzehnte hinweg. Ach Roland manchmal ist es wirklich nicht zum Aushalten."
„Vertrau dich mir ruhig an. Ich erzähle nichts von dem was du mir sagst weiter."
„Ja ich werde es wie Jürgen machen, der spricht auch immer mit seiner Lisa wenn ihn etwas bedrückt."

16 Donnerstag

Gerlinde hat eine unruhige und schlaflose Nacht hinter sich. Die bevorstehende Hochzeit und der komplizierte Fall belasten sie. Sie überlegt, ob sie Roland folgen und sich einen Job bei der Bahn suchen soll.

Zur morgendlichen Sitzung, im Landeskriminalamt, eröffnet sie: „Am nächsten Dienstag heirate ich in der Steiermark in Turnau. Wer von euch kommt? Selbstverständlich seid ihr mit Partner eingeladen."

Jürgen reagiert verwirrt. „Schon kommende Woche? Ja also ich will mit Lisa kommen."

Max wiegt den Kopf hin und her. „Ich hoffe, dass Irene frei hat. Aber egal wie. Wir sind dabei um zuzusehen wie du in dein Unglück stürzt."

Karlheinz schüttelt den Kopf. „Ich passe mit Marcus sicher nicht ins bäuerliche Familienfest."

„Das ist Unsinn", braust Gerlinde auf. „Wenn die Familie euch unpassend findet, können sie mir gestohlen bleiben."

Karlheinz schmunzelt, „lass es Gerlinde, mich stört es nicht. Außerdem muss einer hier die Stellung halten. Wenn Brigadier Brenner eure Urlaubsansuchen liest, geht er schon hoch."

Jürgen schließt sich dem an. „Karlheinz hat recht. Es ist vernünftiger nicht zu provozieren. Wir kennen Roland ja auch noch nicht persönlich."

Gerlinde setzt dienstlich fort. „Da ist noch etwas. Bei der Durchsicht dieses alten Kindsmords fallen mir einige Ungereimtheiten auf. Ich verstehe nicht. Weshalb sah das vorher niemand? Was hatte Dornhagen, Gantar und Millowitsch veranlasst einen Unschuldigen zu verurteilen?"

„Das hat unterschiedliche Ursachen. Mit der Verurteilung wird vom wahren Mörder abgelenkt. Der Ehrgeiz ein Ermittlungsergebnis zu präsentieren. Claudius nervt mich auch ständig und meint ich soll ihm einen Täter liefern, egal wen", erklärt Jürgen.

„Aber doch nicht, wenn einer unschuldig ist?" Gerlinde wehrt sich gegen den Vorwurf. Wenn sie auch ihr Liebesverhältnis mit Claudius vor einem Jahr beendete, so hält sie ihn doch für einen guten Kerl.

„Sicher, er ging bisher nie so weit, doch musste er deswegen auch lange auf seine Beförderung warten. Gerettet haben wir ihn, als wir die zwei Maulwürfe im obersten Polizeidienst aufdeckten."

Max legt einen der Akte unwirsch zur Seite. „Eigentlich geht uns der Fall nichts mehr an. Das was wir bei Nordern fanden gehört zur Sitte. Die sollen sich damit beschäftigen. Den Fall Sobotka gib an die Interne. Wir handeln uns nur Probleme ein, wenn wir Kollegen nachstellen."

„Was machen wir mit Dick und Doof?" Karlheinz rührt sich mit dem momentanen Problem. „Julian könnte der Killer sein. Er hat die Kraft. Wirklich sicher können wir uns erst sein, wenn wir Meinrad erwischen."

Jürgen schwenkt seinen Kopf. „Was haben die zwei Burschen an der Uni gemacht? Beide lügen das ist klar. Leider ist es das Einzige was klar ist. Sie saßen als Nordern ermordet wurde. Lassen wir sie halt laufen."

Das Geständnis

Karlheinz ist an den früheren Tatorten des Spalters unterwegs um die Nachbarn zu befragen. Besonders im Park hinter Horst Jobsts Wohnung erhofft er sich Aufschlussreiches. Der Mord am Balkon fand ja praktisch in der Öffentlichkeit statt.

„Haben Sie irgendwas Verdächtiges gesehen? Eine Person die nicht in die Gegend gehört?"

Nach dutzenden Fragen an verschiedenen Personen hält ihn ein älterer Penner auf. In seiner Begleitung ist der junge Hund den Karlheinz schon gesehen hat und der sich an die Wade des Penners schmiegt.

„Du bist doch der schwule Inspektor?", meint der Mann ruhig, mit lächelndem offenem Gesicht.

Karlheinz juckt es in den Fingern, er möchte dem Mann eine runter hauen. „Was geht das Sie an? Schauen Sie, dass Sie weiter kommen."

„Wenn du mir versprichst, dich um diesen jungen Hund zu kümmern, mache ich dir ein Geständnis."

„Ach ja! Haben Sie den Hund gestohlen?"

„Nein, er ist mir vor zwei Monate halb verhungert zugelaufen. Ich kann ihn auch nicht gut ernähren. Versprich mir ihn zu dir zu nehmen. Mein Geständnis ist dein Lohn."

Karlheinz will erst unwirsch den mageren Alten zum Teufel jagen, doch etwas in der Art wie der Mann spricht macht ihn neugierig. „Gut ich nehme den Hund zu mir. An Kindes statt. Zufrieden?"

„Ich habe acht Verfluchte ermordet. Der Mörder, den du suchst, steht vor dir."

Karlheinz bekommt einen Lachkrampf. „Du? Wie willst du das gemacht haben?"

Da öffnet der Mann seinen schäbigen Mantel und zeigt eine Axt die an einem Spannseil baumelt. „Zwei Handgriffe und es ist eine brauchbare Schleuder."

Karlheinz taumelt ein paar Schritte zurück. „Kommen Sie bitte mit. Sie sind festgenommen."

„Ich komme mit. Das Geständnis mache ich aber nur dir, sonst niemanden."

„Das entscheidet der Staatsanwalt." Karlheinz greift nach dem Handy um Gerlinde anzurufen. „Ich habe hier einen Mann der gestehen will. Schickst du mir eine Streife?"

Gerlinde ahnt, dass etwas Ungewöhnliches passiert ist. „Das war auch Zeit. Die Streife ist schon unterwegs."

„Wem ich gestehe, entscheide ich. Du glaubst doch nicht, dass mich wer zum Reden zwingen kann."

„Sicher", murmelt Karlheinz. „Ich darf nur keine Zusagen machen."

„Das verstehe ich. Ich werde meine Forderung auch gegenüber deinem Chef äußern."

„Sie sind Meinrad Sobotka?" Karlheinz hat das zehn Jahre alte Foto gesehen, kann aber wenig Ähnlichkeit mit dem grauen verhärmten Gesicht vor sich erkennen. Dem Aussehen nach schätzt ihn Karlheinz auf sechzig Jahre.

„Ja, das wisst ihr schon?", lächelt der Mann, dadurch seine schlechten Zähne zeigend.

Die Streife kommt und nimmt Meinrad mit. Den Hund und das Beil nimmt Karlheinz an sich. Er greift zum Handy, „Meinrad ist unterwegs ins Landeskriminalamt. Ich komme etwas später mit der Tatwaffe nach. Vorher muss ich noch den kleinen Hund abliefern."

Gerlinde ist irritiert. „Was für einen Hund? Komm gefälligst her. Jürgen hält das Ganze für einen Schmäh."

„Ich komme doch gleich. Seid nicht so nervös." Karlheinz will vorher den Hund zu Marcus in die Bank bringen.

Als er den Schalterraum betritt, bekommt er vorwurfsvolle Blicke. Karlheinz lächelt verbindlich. Er weiß, dass Hunde in der Bank unerwünscht sind. Keiner der zwei Angestellten sagen etwas, als er mit dem Hund ins Direktionszimmer hinein geht.

„Hallo lieber Marcus ich bringe dir unser neues Familienmit-glied."

Marcus jault wie zu erwarten auf. „Bist du des Wahnsinns knusprige Beute? Ein Hund? Wir haben keinen Platz. Warum hast du ihn gekauft?"
„Justus hat es richtig vorausgesagt. Der Mann hat mir den lieben Kerl heute übergeben."
Der junge, aber durchaus nicht mehr kleine Sennehund legt sich unter dem Schreibtisch auf Marcus Füße. Marcus spürt die Wärme und seufzt. „Was machen wir mit ihm?"
„Lass ihn jetzt bei dir. Ich lass mir etwas einfallen." Karlheinz versucht erst einmal Zeit zu gewinnen.
„Davor das dir etwas einfällt fürchte ich mich." Marcus ist skeptisch und denkt nach. Wo könnten wir den Hund tagsüber unterbringen?

Karlheinz entfernt sich rasch aus der Bank, sucht die Spurensicherung auf und übergibt Doris das Beil mit dem Seil. „Kann man damit das Beil wie eine Schleuder werfen?"
Doris, die es übernimmt, zweifelt und schüttelt den Kopf. „Ich werde mit unserem Techniker darüber sprechen. Der kennt sich aus."
„Davon bin ich überzeugt. Ich kann mit der Spirale und dem Seil nichts anfangen."

Jürgen hat inzwischen mit Max den Verhörraum betreten. Sobotka sitzt bereits völlig entspannt auf dem Stuhl. Es wurde ihm Kaffee und Wasser gebracht. Als die Polizisten eintreten, schaut er unwirsch auf.
„Wo ist dieser Wimmer? Ich habe ihm doch meine Bedingung genannt."
„Bezirksinspektor Wimmer kommt gleich. Inzwischen können wir anfangen."
„Sie sind doch der Nachfolger dieses Dornhagen. Einem von euch erzähle ich nichts."
Jürgen ist paff. „Wieso? Ich bin nicht Dornhagens Nachfolger. Es ist über zehn Jahre her, als Dornhagen die Abteilung für

Gewaltdelikte leitete. Brigadier Brenner hat vor fünf Jahren von ihm das Landeskriminalamt übernommen. Dornhagen ging, nachdem er in die Polizeidirektion wechselte, vor ein paar Wochen in Pension."

„Das ist mir doch völlig egal. Seine Gruppe war und ist es noch heute."

„Was?" Max beugt sich vor. Er kennt einige Beamten, die mit Dornhagen arbeiteten. Viele sind nicht mehr im Dienst. Einige vorzeitig ausgeschieden.

„Korrupt. Schaut euch doch deren Verhörprotokolle an und vergleicht sie mit den Aussagen vor Gericht. Wenn ihr ehrlich wäret, würdet ihr dem Nachgehen."

Jürgen lehnt sich nachdenklich zurück. Er ahnt, dass dieses Verhör in einer riesigen Blamage für die Polizei enden wird. Er greift nach dem Aufnahmegerät und stellt es ab.

„Wir warten auf Karlheinz", murmelt er. „Sie liegen richtig. Er ist jung und noch unbelastet."

Meinrad grinst Jürgen zufrieden an. „Sie wussten bereits von den Kindermorden. Trauen Sie sich zu, die alten Fälle neu aufzurollen?"

Jürgen steht wortlos auf und geht in sein Büro. Er ruft seine Frau Lisa in ihrem Magistrat an. „Lisa kannst du dir eine Stunde freinehmen, ich muss mit jemandem reden."

„Um Gottes willen, was ist passiert?"

„Es ist nichts Schlimmes. Ich brauche nur jemanden, mit dem ich offen reden kann."

Bevor Jürgen geht, meint er noch zu Gerlinde. „Wenn Karlheinz kommt, soll er mit Max die Befragung durchführen."

„Aha." Gerlinde wundert bereits nichts mehr.

Jürgen trifft sich mit seiner Frau in der Eisdiele am Praterstern. „Ist es nicht etwas zu kühl für eine Eisdiele", spöttelte Lisa noch am Telefon.

Jürgen beginnt zu erzählen was ihn bewegt. „Claudius hat vor ungefähr fünf Jahren von Dornhagen das Landeskriminalamt übernommen. Dornhagen wechselte zwar ins Bundeskriminalamt, aber eigentlich war es für ihn ein Abstieg. Später war er in der Polizeidirektion ohne erkennbaren Auftrag tätig. Verstehst du das?"

Lisa kennt ihren Gatten und schweigt.

„Während der Pensionsfeier Dornhagens, eigentlich auch zwei Jahre vor seinem Pensionsalter, erwähnte Claudius: Er musste einen freundlicheren Stil ins Amt bringen. Claudius und freundlich", knurrt Jürgen.

„Claudius war früher ein guter Freund. Ich bin schuld, dass ihr euch entzweit habt." Lisa erinnert sich an ihre zwei Verehrer. Jürgen blieb bei dem Duell Sieger.

„Warum hat er mich akzeptiert? Es gab sicher genug im Amt, die den Posten wollten. Mich hat er von Graz hergeholt."

„Richtig du kamst aus Graz. Außer Max kommt keiner deiner Kollegen aus dem Landeskriminalamt."

Jürgen sinnt weiter. „Hatte Claudius von den Unregelmäßigkeiten gewusst? Hat er deshalb die Abteilung komplett neu aufgebaut?"

„Aufgebaut hast du sie und das mit viel Erfolg", lächelt Lisa stolz ihren Mann an.

„Er stand eigentlich die ganze Zeit hinter mir. Seine kleinen Gehässigkeiten sind eigentlich bedeutungslos. Ich glaube, ich muss mich mit ihm versöhnen."

„Sich versöhnen ist immer gut."

„Seit ihn Gerlinde verließ, kommt er mir in manchem kraftlos vor. Ich glaube er braucht wieder einen Freund."

„Übertreibe nicht. Er kommt schon wieder auf die Beine. Dass seine Frau auch davonrannte, verletzt nur seinen Stolz. Sonst ist es ihm egal."

„Oh, die Gattin hat ihn auch verlassen?"

„Wusstest du das nicht?"

„Nein, ich muss zurück ins Amt. Über Dornhagen werde ich mit ihm reden. Ich bin sicher er weiß einiges darüber."

„Schön dann Servus", Lisa steht auf und geht ebenfalls nachdenklich. Was im Landeskriminalamt passierte, macht sie neugierig. „Ich werde ihm bei Gelegenheit schon alles aus der Nase ziehen", denkt sie.

Im Landeskriminalamt sitzen Max und Karlheinz, Meinrad und Reinhard gegenüber. Gerlinde rief Doktor Schreiner an, obwohl Meinrad einen Anwalt ablehnte.

Reinhard kommt gleich. „Ihnen Frau Gerlinde kann ich keinen Wunsch abschlagen. Wo ist euer Verdächtigter?"

„Er will keinen Anwalt, aber ich will, dass es seine Ordnung hat."

„So, so ich soll der Polizei helfen? Wenn ihr einen Fehler macht's, bin ich der Erste, der das bemängelt."

„Ich weiß", grinst Gerlinde, „sprechen Sie bitte mit Herrn Sobotka."

Reinhard spricht kurz mit Meinrad Sobotka und erhält von ihm das Mandat. Ausschlaggebend ist das Reinhard ihm gegenüber erwähnt Karlheinz' Freund zu sein.

Karlheinz erhielt bereits das Ergebnis der Untersuchung von der Spurensicherung: „Die Tatwaffe ist die Axt, die Sie uns gaben, doch von einer Schleuder kann keine Rede sein. Wer immer die Axt schwang, war kräftig und groß."

„Mein Mandant gesteht. Nehmt das bitte zu Protokoll. Er hat sich selbst gestellt und bereut seine Tat." Reinhard schmunzelt Max an, der mürrisch neben Karlheinz sitzt.

Max will schon den Mund aufmachen, da spürt er Karlheinz Hand auf seinem Unterarm. Es wurde vereinbart, dass Max schweigt.

„Mein Gott Reinhard. Wie fangen wir den an? Ich brauche die Wahrheit. Den Hass von Herrn Sobotka verstehe ich ja. Wahrscheinlich ist er auch der Drahtzieher. Trotzdem brauchen wir auch den Kerl der die Axt schwang."

„Gehen wir doch Fall für Fall einzeln durch", schlägt Meinrad vor. „Ich erzähle Ihnen, wie ich es anstellte, die noblen Herrschaften zu erledigen. Wo ist übrigens der Hund?"

„In der Bank bei Herrn Klein."

Max wäre nicht Max, wenn er sich zurückhielt. „Hund? Den Burschen der die Axt schwang haben wir. Sind Sie deswegen geständig um ihn frei zu bekommen?"

Meinrad lehnt sich zurück um, mehr von unten, Max seitlich zu fixieren. „Sie sind in dieser Abteilung als einziger vom Landeskriminalamt Wien gekommen. Vorher waren Sie bei der Sitte. Dort herrschen wie ich weiß noch immer unsittliche Methoden."

Max ist sprachlos. Der Mann kennt scheinbar die Mitarbeiter der Abteilung gut. Er will scharf entgegnen, doch spricht er ruhig, „ich war damit nicht einverstanden. Sie nannten mich einen Querulanten."

Meinrad nickt mit zusammengekniffenem Mund. „Das weiß ich. Trotzdem."

Reinhard nimmt wieder das Gespräch auf. „Lassen wir Herrn Sobotka die Geschehnisse erklären." Reinhard weiß zwar selbst nicht was Sobotka bezweckt, doch bekam er in dem kurzen Gespräch mit ihm mit, dass es um mehr als nur ein Geständnis geht.

„Falls Sie meinen angeblichen Kindsmord aufarbeiten, werden Sie auf einige offene Fragen stoßen. Am Mittwoch gelang es mir, bis in das Büro des wahren Kindermörders vorzudringen. Als ich ihn mit seinen Verbrechen konfrontierte bog er sich vor Lachen und wandte sich, wie die Anderen vor ihm, von mir ab. Da holte ich aus und schlug mit meiner Axt zu. Mein Hass verlieh mir die Kraft. Wegen ihm saß ich achtzehn Jahre im Gefängnis."

„Das ist schön erklärt", lobt Karlheinz. „Woher wussten Sie, dass er der Mörder ist? Wie und vor allem wann gelangten Sie in sein Büro? Ach bitte Herr Sobotka, da gibt es noch eine Menge offener Fragen."

„Ich habe bei Doktor Millowitsch meinem damaligen Pflichtverteidiger den mich betreffenden Akt mitgenommen und mir verschiedene Kontobewegungen angeschaut. Frag doch deinen Freund. Der weiß auch, wie man im Netz nachsieht."

Karlheinz bleibt der Mund offen. „Marcus? Was hat der damit zu tun?"

„Ursprünglich wollte ich die Gerichtsunterlagen bei Gantar holen, der hatte aber nichts davon im Haus. Ich konnte aber feststellen dass er einen monatlichen Zuschuss von der Firma Nordern bekam."

„Sie haben bei ihm gesucht? Uns ist nichts aufgefallen", lügt Karlheinz um das Gespräch in Fluss zu halten.

„Ja, ich habe seinen Schreibtisch durchsucht und auch in ein paar Akte in seinem Schrank geblättert. Natürlich mache ich es nicht so rücksichtslos wie die Polizei, deshalb habt ihr es nicht bemerkt."

„Das war der erste Mord. Der Sie anklagende Staatsanwalt, das ist verständlich. Was hat es mit der Kindergärtnerin auf sich? Bitte erzählen Sie mir mehr."

„Sie bezeugte vor Gericht, dass ich am Tatort war. Ich war aber nicht dort, sondern habe die Nacht mit Horst verbracht."

„Haben Sie gefragt, warum die Frau falsch aussagte?"

„Natürlich. Sie hatte Kolleginnen bestohlen und sich am Geld der Kinder vergriffen. Gantar hat diese Anzeige unter den Teppich gekehrt. Später hatte sie Kinder, vorwiegend Buben, die sie betreute an die Gruppe verraten. Auch sie bekam einen regelmäßigen Zuschuss von der Firma Nordern. Sie wird dort auf der Lohnliste als Beraterin geführt. Die Beweise finden Sie in der linken oberen Lade bei Nordern im Büro."

„Woher haben Sie diese Informationen?" Karlheinz ist unklar wie der Penner, der doch sicher keinen Computer mit Internetzugriff hat, zu Informationen kommt.

„Man hat Freunde, die haben mit der Dame gesprochen. Sie war sogar stolz auf ihr Treiben. Als ich sie auf meinen Fall ansprach, hat sie höhnisch gelacht und gemeint: Sie ist mir dankbar, denn wegen dieser Aussage gegen mich hat sich für sie erst diese lukrative Einnahmequelle aufgetan."

„Horst Jobst hat aber mit den Kinderschändern nichts zu tun. Weshalb er?"

„Er war mein Alibi. Zuerst war er nicht zu finden, später als meine Mutter ihn ausfindig machte und aufsuchte, leugnete er mich zu kennen."

„Horst scheint im Gerichtsakt nicht auf", murmelt Karlheinz.

„Ja wie denn? Dornhagen ist der Sache nicht nachgegangen. Er hat mich als Täter gebrandmarkt und wer es wirklich war interessierte ihn nicht!" Der bisher ruhig erzählende Meinrad gerät jetzt in Wut. Die Erinnerungen an das erlebte Elend kommen in ihm hoch.

Max rührt sich. „Was hat die Psychologin mit dem Fall zu tun? Es scheint kein Gutachten auf, obwohl es einmal erwähnt wurde." Max hat beim Studieren der Unterlagen vor allem dieser Tatbestand irritiert.

„Sie hat mit mir kaum gesprochen und dann Millowitsch ein Gutachten geschickt. Demnach bin ich ein notorischer Lügner, der am Rande der Schizophrenie steht. Ein Homosexueller, der sich für Kinder interessiert. Ich neige, nach ihrer fachlichen Meinung, zu Gewaltausbrüchen die mir leidtun, weshalb ich die Tat verdrängte."

„Das war für den Staatsanwalt doch ein Fressen?", staunt Karlheinz. „Es fehlt aber im Akt."

„Millowitsch hat es mir gezeigt und wollte unbedingt, dass ich gestehe. Er hat mir gegenüber behauptet, das Gutachten zu unterdrücken und falls es beim Prozess zu einem Antrag mich zu psychiatrieren kommt diesen unbedingt abzulehnen."

„Da hat er sicher in Ihrem Interesse agiert", stellt Karlheinz fest.

„Ganz sicher nicht. Das Gutachten war manipuliert, um mich zu unterdrücken. Gantar hatte sehr wohl während der Verhandlung mehrmals auf ein Gutachten hingewiesen. Es wurde nur der Inhalt zitiert. Ein echtes Gutachten hätte mir helfen können."

„Dann glauben Sie, ihr Verteidiger hat Sie nicht ordentlich vertreten?"

„Er hat mich bewusst in die Pfanne gehauen, damit ihn Gantar fördert."

„Die Mutter des ermordeten Jungen ist doch ebenfalls eine Geschädigte. Was war ihr Vergehen?"

„Ihre Aussage vor Gericht. Ich habe lange überlegt, ob ich sie verschonen soll. In ihrer Geldgier hatte Frau Flott ihren Buben verkauft. Die Flott kassierte für den mehrmaligen Missbrauch des Jungen. Sein Tod war angeblich ein Unfall. Für die Flott war es ein furchtbarer Schlag. Obwohl sie entschädigt wurde, verlor sie ihre regelmäßige Einnahmequelle."

„Haben Sie mit ihr gesprochen?"

„Ich habe mit jedem vor seiner Hinrichtung gesprochen. Jeder Einzelne hatte Gelegenheit zu bereuen. Frau Flott hat bereut. Sie erzählte mir weinend: Wie und an wen sie den Jungen verkauft hatte. Ich fand sie heuchlerisch und habe trotzdem zugeschlagen."

„Sie haben den Hieb jedes Mal von hinten ausgeführt. Wieso haben ihnen die Opfer den Rücken zugedreht?"

„Ich habe immer einen Vorwand gefunden damit sie sich von mir abwenden. Von vorne hätte ich nicht zuschlagen können, so Aug in Aug."

„Wurde den keiner der Opfer Misstrauisch? Es gab bereits bekannte Morde."

„Du glaubst nicht wie arrogant sie waren. Nordern habe ich sogar erzählt, dass ich die anderen bereits gerichtet habe. Er hat gelacht und gemeint –du lächerliche Figur-. darauf sagte ich ihm –dreh mir nur den Rücken zu und ich mach's-. Er lachte drehte mir den Rücken zu und hob die Hände. –nur zu Witzbold- waren seine letzten Worte."

„Jetzt überraschen Sie mich. Warum sind Sie nachdem Sie wussten, dass Nordern der Hauptschuldige ist nicht gleich zu ihm gerannt?"

„Wir mussten erst alles abklären und prüfen. Dann erst entschieden wir, wie wir weiter vorgehen."

Max brüllt erfreut auf. „Wir? Sie haben wir gesagt."
Meinrad wirft Max einen vorwurfsvollen Blick zu. „Sie sollten
doch kuschen. Mit wir, meine ich meine Informationsquellen.
Von denen weiß niemand, was ich mache."
Karlheinz will tiefer eindringen. „Weshalb rächen Sie sich erst
jetzt? Sie wurden vor neun Jahren frei gelassen."
„Mir wurde erst vor knapp einem Jahr klar, was mir angetan
wurde. Das all diese Zufälle keine Zufälle waren, sondern ein
Komplott gieriger Menschen."
„Wodurch? Was hat Ihr Leben verändert?"
„Ich wachte auf und hörte einen anderen Mann wimmern. Als
ich ihn im Nebenraum fand, erzählte er mir, was ihn bedrückt.
Es war ein junger Bursche, der bereits Jahre im Häfen hinter
sich hatte. Ein Opfer der Methoden eurer Sitte. Nach einem
längeren Gespräch mit ihm wurde mir klar, dass ich ein
Exempel statuieren muss und alle Schweine, die logen und
dafür Geld bekamen, bestrafen muss."
„Das war vor einem Jahr?" Karlheinz versteht noch immer
nicht weshalb gerade jetzt.
„Ich sammelte Fakten und Beweise. Als Ella mir nachlief,
begann ich mit der Durchführung."
„Ella?"
„Ach, habe ich vergessen dir zu sagen, wie der Hund heißt?"
„Ella, eine Hündin? Ich werde mich wie versprochen um sie
kümmern. Noch weiß ich nicht, wie ich es anstelle. Wir sind
beide berufstätig."
„Verlass den Verein und gehe zur Bank. Der Kommerzialrat
Klein verlangt es doch schon länger von dir."
Karlheinz schaut Meinrad traurig an. „Du glaubst doch, dass
ich anständig bin. Willst du wirklich, das die Anständigen die
Polizei verlassen?"
„Eins zu null für dich. Frage deinen Brigadier, warum er nicht
in der Sitte durchgreift? Eure Abteilung hat er vor einem Jahr
auch neu aufgestellt."
Max erlaubt sich, wieder einzugreifen. „Die Unterlagen die
wir bei Nordern fanden, müssen wir an die Sitte geben."

„Richtig, schmeißen Sie es nur in die Rundablage", faucht Meinrad Max an. Meinrad scheint Max nicht zu mögen.

Das fällt auch Reinhard auf. „Warum ist der Herr Major nicht zugegen? Ist es ihm zu unbedeutend?"

„Jürgen fürchtet dich. Wieso hat Gerlinde ausgerechnet dich gerufen? Meinrad gesteht mehr als er tat, da gibt es keinen Freispruch."

Jetzt wird Meinrad wild. „Weil es um mehr geht, als um ein paar Morde! Begreift es endlich. Den Kinderschändern muss jemand von euch nachgehen. Nicht wieder diese Leute, die es seit Jahrzehnten wissen und decken!"

Max wehrt ab. „Das ist Angelegenheit der Internen, genauso wie das Aufrollen des alten Urteils."

Meinrad flüstert es fast, „oder der Presse. Was macht ihr dann?"

Karlheinz fürchtet nun, dass es bei ihm hängen bleibt wenn das Verhör schief läuft. Er entscheidet deshalb, „Machen wir bitte morgen weiter. Ich spreche, wenn's sein muss, auch mit Brigadier Brenner. Die zwei Burschen haben wir schon zu Mittag frei gelassen. Wir können ihnen ja nichts beweisen."

Meinrad nickt Karlheinz freundlich zu. Das Verhör wird vorerst beendet.

Karlheinz kommt spät nach Hause. Marcus hat vorsorglich eine kalte Platte gerichtet. Er spielt mit Ella. Ella trägt ein schönes rotes Lederhalsband.

Marcus richtet sich von dem schwanzwedelnden Hund auf. „Hallo, was hältst du davon, wenn wir unsere Kleine, unseren Freunden vorstellen?"

„Wem? Willst du auswärts essen?"

„Genau, diesmal im Weinschlösschen. Arnold hat angerufen und stolz von seiner ersten Flaschenabfüllung des Heurigen gesprochen. Wir sollen kosten kommen."

„Fein dann nichts wie hin", Karlheinz ist froh, nicht an den Fall denken zu müssen.

„Ella war den ganzen Tag brav. Sie hatte nur zweimal raus wollen und keine Kunden verbellt."

„Dann kannst du Ella in der Bank behalten?" Karlheinz hofft auf diese Lösung.

„Nein das geht nicht. Ich habe bereits mit unserer Verwaltung gesprochen. Hunde oder andere Haustiere sind grundsätzlich nicht erwünscht."

„Puh, aber Ella den Tag über alleine lassen, das geht auch nicht. Das wäre grausam."

„Du könntest mit Papa sprechen. Wenn er dir einen Hund erlaubt, kommst du zu uns in die Bank."

„Du lässt nie nach. Ach Marcus, gerade jetzt, wo sich so viel bei uns tut."

„Was den, habt ihr eine neue Leiche? Dann suche sie diesmal bei Arnold. Klaus wird es freuen", lacht Marcus hämisch. Der Lebensgefährte von Arnold Anwalt Klaus Melzer ist wegen früherer Ermittlungen Karlheinz noch immer böse.

Sie treffen im Weinschlösschen in Neustift eine bereits feucht-fröhliche Gesellschaft an. Ella ist, wie es Marcus wünscht, der Star des Abends. Der junge Hund, der wahrscheinlich noch wenige gute Tage erlebte, wird gehätschelt und gestreichelt. Besonders Ferdinand kann sich nicht von ihm trennen. Ella geht es genauso, auch sie ist von dem verspielten kindischen Mann begeistert.

Karlheinz, der bereits den Frühroten Veltliner und Müller Thurgau verkostete, fällt es auf. Anfangs erfasst ihn die Eifersucht, als er sieht wie Ella dem Burschen buchstäblich auf der Ferse klebt, doch dann hat er einen Geistesblitz.

„Ferdinand ich schulde dir doch noch eine Entschuldigung."

„Was heißt eine Entschuldigung? Du wolltest mich ständig ins Gefängnis bringen", faucht Ferdinand. Er hat Karlheinz zwar verziehen, doch ein Rest Unbehagen existiert noch immer.

„Was machst du den ganzen Tag? Verwaltest du dein Erbe selbst?"

„Natürlich, deshalb habe ich den dicken Adi doch umgebracht, oder?"

„Ach Ferdinand dessen wurdest du von mir nie verdächtigt. Wenn du deine Häuser besichtigst, fehlt dir da nicht ein treuer Begleiter?"

„Wenn du dich als Begleiter anbietest, dann will ich dich eher im Bett haben", staunt mit einem koketten Augenaufschlag Ferdinand.

„Nein ich biete dir einen Hund an."

Ferdinand reißt seinen Mund auf. Er starrt Karlheinz an. „Das habe ich mir immer gewünscht."

Ella, als ob sie es verstanden hätte, springt freudig zwischen den beiden Männern hoch. Ferdinand fasst Ella besitzergreifend am Hals. „Ja, jetzt habe ich endlich einen wirklichen Freund", jubelt er.

Als Karlheinz mit Marcus das Fest verlässt, dreht sich Marcus um, „he wo ist Ella."

Karlheinz grinst ihn an. „Bei seinem Herrl. Ich sagte dir doch, ich lass mir was einfallen."

„Bei wem!", schreit Marcus auf.

„Bei Ferdinand, jetzt sind es zwei verspielte Hunde", lacht Karlheinz. „Für Ella der beste Platz, den ich finden konnte."

Wehmütig bleibt Marcus stehen, schaut nochmals zurück ins Haus und meint dann, „du hast recht. Bei dem Burschen hat es der Hund sicher gut."

17 Freitag

Jürgen liest das Protokoll. „Wir gaben doch erst im August Unterlagen an die Sitte ab. Weiß einer von euch, was daraus wurde?"

Die drei Kollegen schütteln den Kopf.

„Soll ich unauffällig nachfragen?", bietet sich Max an.

„Das ist eine gute Idee. Ich werde mich bei Claudius über die Ermittlungen der Internen erkundigen."

„Können wir heute den Fall endgültig abschließen", will ängstlich Gerlinde wissen. Sie will bereits am Samstag in die Steiermark abreisen.

„Wie immer, du fahr ruhig zu deiner Hochzeit. Ich komme am Dienstag mit Irene nach." Max ist zuversichtlich. Der Fall ist geklärt. Es bleibt nur die Entscheidung offen, ob auch gegen Julian Barner weiter ermittelt wird.

Karlheinz seufzt, „ich kann das Verhör nicht alleine weiter führen. Das Problem sind nicht mehr die acht Morde."

Jürgen nickt, „ich bespreche auch das mit Claudius. Er sollte mit Sobotka sprechen."

„Danke. Meinrad will, dass zumindest sein Fall aufgerollt und veröffentlicht wird."

„Was ich nicht verstehe: Ist er sich bewusst, dass ihn diesmal nichts vor einem neuerlichen lebenslänglich rettet? Hat mein Freund Schreiner schon seine Strategie erklärt?"

Karlheinz schüttelt seinen Kopf. „Du meinst Unzurechnungs-fähigkeit? Nichts deutet darauf hin. Warum hat sich Staats-anwalt Moser noch nicht gemeldet? Er weiß doch Bescheid, oder?"

„Natürlich, er wartet auf das Protokoll. Das Sobotka nur dir gestehen will, nahm er schmunzelnd zur Kenntnis."

„Was soll ich jetzt machen?" Karlheinz graut, er fühlt sich für diesen heiklen Fall nicht zuständig.

„Du gehst zum Verhör und lässt dir erzählen, was der liebe Menschenfreund erzählen will. Und ich gehe zum Brigadier."

„Ich habe eine Liste von Fragen erstellt. Stell sie ihm", Max, der während des Verhörs nicht sprechen soll, gibt Karlheinz die Liste.

Jürgen geht ins Büro zu Claudius. Der Brigadier sitzt obwohl es draußen frisch ist, bei offenem Fenster gemütlich an seinem Schreibtisch. Eine Kaffeetasse vor sich am Tisch, eine Zeitung in der Hand, als Jürgen an der Kollegin im Vorraum vorbei zu ihm reinstürzt.
„Ich habe ein Problem. Der Fall ist abgeschlossen, aber es tun sich jede Menge Abgründe auf."
Claudius, in bester Stimmung, legt fröhlich seine Zeitung zur Seite und deutet Jürgen sich zu setzen. „Grüß dich. Ich weiß, ich weiß. Wimmer soll sein Protokoll schreiben. Moser wartet bereits darauf. Ich habe für zwei Uhr eine Pressekonferenz angesetzt. Ein wunderschöner Tag."
Jürgen ist paff. „Hast du die bisherigen Bericht nicht gelesen?"
„Natürlich mit viel Genuss. Den Oberstleutnant unserer Sitte sollen die Journalisten nur fressen. Ich brauche ihn nicht mehr. Was die Verfehlungen der Ermordeten betrifft, danach kräht kein Hahn. Ich werde mit meinem Besen bis in die Interne der Polizeidirektion kehren. Welche Freude."
„Du, du siehst nur deinen Vorteil." Jürgen weiß wie ehrgeizig Claudius ist, aber dass ihm der Ruf der Polizei so wenig bedeutet überrascht ihn schon.
„Auch deinen. Ich werde um deine vorzeitige Beförderung bitten. Das geht sicher durch Herr Oberstleutnant." Claudius lacht. Um seine gute Stimmung zu beeinträchtigen, müsst eine Bombe im Büro hochgehen.
„Was soll ich machen? Ach die Frau Gruppeninspektor…"
„Ist schon veranlasst. Doris Nussbaum fängt am kommenden Ersten bei dir an."
Jürgen taumelt von einer Überraschung zur nächsten. Wozu ist Claudius noch bereit? „Leutnant Loimer will auch zu uns."
„Diesen Chaoten? Willst du dir das antun? Von mir aus."

Jürgen springt rasch auf, jetzt nichts wie weg, bevor sich's der Brigadier anders überlegt.

„Gerlinde wird Revierinspektor", schreit ihm Claudius noch nach.

„Das wird sie freuen", murmelt Jürgen schon im Vorraum.

Karlheinz nimmt mit Max wieder gegenüber von Meinrad und Reinhard Platz.

Max übernimmt das Aufzeichnungsgerät. „Nur der Ordnung halber die Namen der Anwesenden:" Dann zählt er die vollen Namen und das Alter der Anwesenden auf.

Karlheinz schaut Meinrad fest in die Augen. „Was willst du? Dein Fall wird gänzlich aufgerollt und hat sicher mehrere Konsequenzen."

„In den Unterlagen, die ihr bei Nordern sichergestellt habt, sind noch einige jetzt aktive Gauner angeführt. Werdet ihr hier in der Mordkommission, die Kollegen belangen? Wenn ihr die Bearbeitung der Fälle an die Sitte übergebt, werde ich es beim Prozesses verkünden und die Presse darüber informieren."

Max wirft ein, „Major Pospischil ist bei Brigadier Brenner um das zu klären. Brigadier Brenner hat das Landeskriminalamt vor Jahren von Dornhagen übernommen."

Meinrad schaut Max missbilligend an und sagt dann trotzdem zu ihm: „Einiges, so wie eure Abteilung, hat Brenner bereits gereinigt, aber es gibt noch vieles zu tun."

„Das wird nun geschehen. Ich glaube wir sollten abschließen und den Akt der Staatsanwaltschaft übergeben. Sie werden wieder lebenslänglich bekommen. Das Sie es bereits einmal abgesessen haben zählt nicht." Max ist zahm. „Allerdings müssen wir noch gegen Julian Barner ermitteln. Sie können die Schläge nicht geführt haben."

Meinrad schaut Karlheinz missbilligend an. „Hast du meine Tatwaffe Leutnant Loimer übergegeben?"

„Ich habe sie der Spurensicherung übergeben. Die meinen: Nur die Hacke wurde verwendet. Der Rest sei unbrauchbar."

„Warum tust du nicht worum ich dich bitte! Sprich mit Loimer darüber, bevor ihr Julian holt!"

Karlheinz nickt. Unsicher hält er Max Fragebogen in seiner Hand. „Erübrigt sich das?", fragt er Max.

„Ja Karlheinz das hat sich erübrigt. Wir sollten Herrn Sobotka milde Richter wünschen. Mehr kann ich nicht sagen." Max ist von Meinrad beeindruckt. Obzwar ihm Meinrads blutiges Vorgehen unangebracht scheint. Wenn schon, hätte ein Mord genügt um die Aufmerksamkeit auf die Gruppe der Kinderschänder zu lenken.

Reinhard nickt. „Das ist die beste Lösung."

„Ich spreche mit Erwin", verspricht Karlheinz.

Karlheinz geht zu Erwin Loimer, um ihn über Meinrads Fall zu informieren. „Schaust du dir diese Tatwaffe an?"

„Klar, was behauptet euer Mörder? Er benützte die Hacke wie eine Schleuder. Sozusagen als Tomahawk. "

„Ja die Sachen befinden sich bei der Spurensicherung."

Nach einer Stunde kommt Erwin in Gerlindes Büro. „In der Asservatenkammer befindet sich nur die Hacke und sonst nichts."

Jürgen hat wie oft seine Türe zum großen Büro offen und hört es. Er schießt heraus. „Was sagen Sie? Das Zubehör ist verschwunden? Geht es schon los?"

Erwin steht wie ein begossener Pudel neben Gerlindes Schreibtisch. „Ich finde es nicht", murmelt er.

„Aber ich! Das schwör ich euch", faucht Jürgen und saust aus dem Büro.

Erwin setzt sich zu Gerlinde. „Schade, jetzt wird er mich nicht mehr wollen. Es hätte mich gefreut, hier zu arbeiten."

„Beruhige dich. Wenn's verschwunden ist, ist es nicht deine Schuld. Jürgen regelt es schon." Gerlinde ist neugierig. Findet Jürgen die Beweismittel und kommt er damit zurück?

Nach einer viertel Stunde ist er zurück. In seinem Schlepptau ganz aufgeregt Doris.

„So mein Lieber, ich hoffe es ist alles. Mehr war nicht mehr im Mistkübel. Doris hat gesehen, wer's reinwarf."

„Ich habe mich gewundert. Denn als ich es ihm gab, schaute er es nur flüchtig an und schmiss es in die Truhe. Wir werfen nie etwas weg."

Jürgen schmeißt Gerlinde einen Zettel mit dem Namen des Beamten hin. „Schau, ob du den Kerl in Norderns Unterlagen findest?"

Erwin nimmt die Spirale und das Seil und vergleicht es mit der Hacke. „Darf ich gleich hier probieren?"

„Klar, Hauptsache du bringst Licht in die Sache." Jürgen zieht sich in sein Büro zurück und schließt die Tür.

Er ruft Claudius an. Seine Sekretärin teilt ihm mit, „Der Herr Brigadier ist bei einer Pressekonferenz. Ich erwarte ihn nicht vor einer Stunde zurück. Soll er Sie zurückrufen?"

„Ja bitte, es ist mir wichtig." Jürgen überlegt und beschließt zur Pressekonferenz zu gehen.

„Na schon ein Ergebnis?" ruft er im Vorbeigehen Erwin zu. Bevor Erwin antworten kann, ist Jürgen schon draußen.

Im Saal der Pressekonferenzen findet Jürgen nicht nur ungewöhnlich viele Journalisten und Fotografen, sondern einen General den er kaum kennt und Oberst Udo Dörfler neben Brigadier Claudius Brenner vor. Alle drei präsentieren sich in Uniform. Hinter ihnen stehen weitere ranghohe Offiziere. Es ist eine opernreife Aufführung. Jürgen zwängt sich in ein Eck, um der Vorführung zu lauschen.

Dörfler erklärt gerade: „Die Verzweiflungstaten des Serienmörders Sobotka haben den Minister veranlasst eine Untersuchungskommission, unter der Leitung von Oberstleutnant Pospischil einzusetzen."

„Gibt es Korruption innerhalb des Landeskriminalamtes?", will einer der Journalisten wissen.

„Das ist unwahrscheinlich aber möglich und deswegen überprüfen wir mehrere abgeschlossene Fälle. Wir befürchten, dass es ein paar Schlampereien gab. Die wir natürlich so schnell als möglich ausmerzen."

Es folgen noch viele Fragen, die alle in die gleiche Richtung gehen. Der Mörder ist uninteressant. Was hat die Polizei falsch gemacht? Gibt es Korruption? Welche Konsequenzen werden gezogen? Während der General freundlich den Journalisten zunickt und Dörflers Entgegnungen immer Fadenscheiniger werden, übernimmt Claudius die Antworten.

Jürgen bewundert wie das alte Schlitzohr, einerseits die Wahrheit schonungslos kundtut, andrerseits es als großen Erfolg der Ermittler hinstellt. Das alles ist, so soll es die Presse auffassen, natürlich nur des Brigadiers Verdienst.

Im Büro arbeitet Erwin an der Hacke mit dem Zubehör und zeichnet verschiedene Varianten auf.

„Herr Leutnant wie schaut es aus? Könnte ich damit töten?" Gerlinde ist auf das Ergebnis gespannt.

„Ich muss in den Keller. Dort brauche ich ein paar Holzscheite zum Spalten." Erwin schnappt die Sachen und verschwindet.

Gerlinde läuft ihm nach. „Das will ich auch sehen."

Im Keller dauert es, bis sie einen Korb Holzscheite auftreiben. Dann beginnt Erwin. Er zeigt Gerlinde, wie die Spirale als Feder gespannt wird und wie durch den kreisförmigen Schwung die Hacke mit einer großen Wucht auf das Ziel trifft. Er trifft allerdings erst nach mehrmaligen Versuchen.

„Wenn das Sobotka gemacht hat, dann hatte er lange geübt", stellt Erwin fest. „Aber es ist möglich. Einmal soll er zweimal zugeschlagen haben? Das geht kaum. Das Spannen der Spirale kostet zuviel Zeit."

„Fragen wir ihn doch. Bei Dornhagen vermutete Kollegin Nussbaum bereits, dass es ein Anderer war." Gerlinde erinnert sich an Jürgens Bericht, der es darin nebenbei erwähnte.

Sie suchen Karlheinz. Der ist nicht im Amt. Auch Jürgen ist weg. Gerlinde wagt es und lässt Sobotka in den Verhörraum holen. Mit Erwin sitzt sie nun Sobotka ohne seinen Anwalt gegenüber.

Der schmunzelt Gerlinde und ihren Begleiter an. „Nun Frau Inspektor, werde ich immer unbedeutender, da die Ermittler immer rangniedriger werden?"

Gerlinde ist klar, dass sie sich auf dünnem Eis bewegt. „Herr Loimer ist Leutnant, Wimmer Bezirksinspektor. Ich habe nur eine Frage, ich verhöre nicht", setzt sie hastig nach.

Sobotka amüsiert sich. „Herr Schubert ist Hauptmann. Was treibt Sie an. Sie dürfen mich nicht ohne Anwalt befragen?"

„Es geht um den Tod von Dornhagen. Da wurde zweimal zugeschlagen."

„Wurden von der Gerichtsmedizin nicht auch zwei Waffen festgestellt?"

Erwin und Gerlinde schauen sich verblüfft an.

Sobotka nickt Erwin brüderlich zu. „Sie haben das Geheimnis meiner Schleuder entlarvt. Ja bei Dornhagen wollte ich es mit eigener Kraft machen. Es hat nicht gereicht und deshalb schlug ich danach noch mit der vorbereiteten Schleuder zu. Ist es das, was euch Sorgen macht?"

„War es Ihre Idee mit der Spirale die Wucht zu vergrößern?", will Erwin wissen.

Sobotka nickt, „ja ich hatte viel Zeit zum Grübeln. Dass nur Sie herausbekommen wie es funktioniert war mir gleich klar."

Gerlinde steht auf, „danke, dass Sie uns Auskunft gaben. Es muss nicht…"

„Ich sag's nicht einmal meinem Anwalt", lacht Sobotka.

Als Jürgen zurückkommt, findet er Gerlinde mit Erwin heftig diskutierend am Computer vor.

„Na Herr Leutnant, fühlen Sie sich schon wie zuhause?", grinst er Erwin an.

„Wurde mein Antrag bewilligt?"

„Ja, ich glaube für kommenden Ersten. Wie wir es platzmäßig lösen, weiß ich noch nicht. Jedenfalls, ich bin Jürgen. Das Team ist per Du."

„Danke Jürgen, ich bin Erwin."

„Wusste ich nicht", lacht Jürgen und verschwindet in sein Büro.

Nach Sobotkas Geständnis und der Pressekonferenz waren die Zeitungen und auch die Zeitschriften voll. Seitenlang wurden alle möglichen Fakten, verrückte Vermutungen, unglaubliche Erklärungen und unwahrscheinliche Prognosen veröffentlicht.

Als nach zwei Monaten der Prozess gegen Meinrad Sobotka stattfand, lief dieser fast stillschweigend ab. Die Strafe wegen mehrfachen Mordes lautete natürlich wieder auf Lebenslänglich.

Meinrad lächelte nur und meinte: „Das ist eben mein mir vorbestimmtes Leben. Nur werden mich die schweren Burschen im Häfen nicht mehr einen Kindermörder schimpfen."

FSC
www.fsc.org
MIX
Papier | Fördert
gute Waldnutzung
FSC® C083411

Zeitfracht Medien GmbH
Ferdinand-Jühlke-Straße 7
99095 Erfurt, Deutschland
produktsicherheit@kolibri360.de